老師與我
先生と僕
坂木司 著
さかき つかさ
王蘊潔 譯

「你第一次看推理小說？」

第一章 老師與我

每走一步，就有一張廣告單塞到我手上。每次停下腳步，就有人對我說話。

「你是一年級的新生吧？如果還沒有參加社團，要不要來我們社團玩？我們是滑雪和網球社。」

「那個、呃……」

「你好！我們是英語研究社，但不會很嚴肅，可以和體育系的社團同時參加。」

「好，呃……」

「你好、你好！我們是S大有名的相聲研究社！『笑』對人生太重要了，逗人發笑，自己也笑得很開心。要不要和我們一起加入充滿歡笑的大學生活？」

「喔……」

大學的中庭放置了各大社團的看板，擁擠的人潮完全不輸給尖峰時間的電車。面對接二連三連珠砲似的自我宣傳，我只能勉強點頭應付。

這時，有人拍我的背。回頭一看，是進大學之後交到的第一個朋友山田順次。

「伊藤，你參加社團了沒？」

「不，還沒有。」

我搖了搖頭，山田用誇張的動作把手放在胸前說：

「眞是太好了！我們的快樂大學生活終於有了保障。」

「什麼意思？」

有點人來瘋的山田吐著舌頭笑了起來。

「因爲我已經幫你報了社團。」

「啊？爲什麼擅自幫我報名？」

「有什麼關係嘛。」山田說著，把一張廣告單塞進我手裡。可怕的插圖旁，印著古典字體的文字。

「『推理小說研究會』……？」

「對，雖然我向來不看文學作品，但常看推理小說，我看到你也經常在看文庫本，所以覺得超適合你。」

因爲那個社團只有我一個是新生，所以很希望可以和你參加同一個社團。山田繼續說道。

「因爲他們說可以跨社團，也很歡迎第一次看推理小說的人，所以我把你的名字也寫上去了。」

我很高興有朋友邀我一起加入社團，我也算是喜歡看書的人。但是、可是——

我，伊藤二葉，十八歲，超級膽小，根本不敢看有人被殺的小說。

我平時都看已充分閱讀內容解說後才挑選的「不會出現殺人情節」的小說，或是絕對安心的隨筆散文類。

「我很少看推理小說，因爲我不太喜歡那種可怕的情節……」

我不想傷害剛認識不久的朋友，所以努力想要用委婉的方式拒絕。

「伊藤，你小學的時候沒看過福爾摩斯或是少年偵探團之類的嗎？」

「也不是沒看過……」

我不敢說，每次看到出現屍體的情節，晚上都會嚇得做噩夢。

「那就沒問題了！我也會和你分享好看的推理小說，加入吧？怎麼樣？」

山田的熱情邀請讓我感到高興，所以不由自主地點了頭。

「好啊，那就加入吧。」

伊藤二葉。個性被動，超不擅長拒絕別人。

隨波逐流地活到今天。

四月某日的傍晚。

我坐在冷冰冰的石頭長椅上，翻開文庫本，忍不住嘆著氣。這本短篇小說中，我只看了和書名相同的短篇，就開始頭暈了。雖然我強迫自己看完，但雙眼只是機械式地在書頁上滑動，根本無法理解內容。正確地說，是我拒絕理解。我果然不適合這種類型的小說。

我注視著隨著日落，看起來越來越費力的文字，帶著絕望的心情垂頭喪氣。我根本無法適應社團，雖然有點對不起山田，但看來只能拒絕了。我低頭看著被夕陽染成深紅色的公園石板，這時，一個拉長的身影進入了我的視野。

「你好。」

這就是我和老師命運的邂逅。

❖

「你是大學生嗎？」

被逆光塗黑的人影用出乎我意料的高亢聲音問道，即使我睜大眼睛，想要看清楚他的樣子，但落日最後的餘暉妨礙了我。

「我是大學生。」

「你已經在打工了嗎？」

「不，我才剛進大學不久……」

我輕鬆地回答後，才想到一件事。這樣不太好吧？我怎麼可以對傍晚在公園向我搭訕的陌生男人透露這麼多自己的情況？

「既然你會出現在這裡，所以是S大的學生嗎？」

「呃、喔……對啊。」

我在幹嘛啊，根本沒義務回答他的問題啊。我忍不住吐槽自己，男人斜眼看著我，用開朗的聲音問：

「那你要不要打工？保證高時薪。」

我就知道！所以我阿嬤才會說，大城市才很可怕。我的腦海中想起老家阿嬤的聲音。

『那些找你打工的都是幌子，目的就是要你買一堆貴死人的教材或是棉被。你這個人心太軟，所以要特別提防，如果有奇怪的人主動和你搭訕，你就要——』

我有點忘了阿嬤教我的應對招數。

『什麼話都別說，拔腿就跑，這是最好的方法。』

想起來了。現在開溜也不遲。總之，三十六計，逃爲上計！我猛然站了起來，對方嚇了一跳，退後了一步。

「幹嘛？你這麼急著想打工嗎？」

「不，不是。」

我竟然又忍不住回答他，但這時我發現了一件事。

這個男人比我更矮。

我算是標準身高，卻可以輕輕鬆鬆地看到他的頭頂。

「沒關係，總之，這裡說話不方便，要不要去附近找一家店慢慢聊？」

那個男人抬頭看著愣在原地的我，笑了起來。視線的角度改變後，我看清了在夕陽紅光映照下的那張臉。

他是如假包換的少年。

❖

我們走進公園旁的速食店，得知向我搭訕的是一名少年，我的心情大為放鬆。他可能沒朋友吧。我跟在他身後走去速食店時，一路想著這個問題，他在櫃檯前對我說：

「是我約你的，所以我請客。」

「啊？」

我還來不及拒絕，他就幫我的可可亞付了錢。他年紀比我小，做人倒是很大方。既然他請客，我至少要稍微陪他聊幾句，算是還他這杯飲料錢。

他端著托盤走了過來。我看著他，忍不住思考著。他穿著制服，應該是中學生，或者是高中生。但如果是高中生，個子也未免太矮了。

他很瘦，制服上衣和褲子的腰圍都很鬆。一頭蓬鬆棕色頭髮下的臉只有巴掌大，清秀脫俗，簡直就像是即將出道的藝人。現在的小孩都長這樣嗎？

「可不可以給我看一下你的學生證？」

「啊？喔。」

我順從地拿出了學生證的小卡片，再度感到後悔。全天下有哪個笨蛋會不加思索地把寫滿身分資料的證件，交給初次見面的人？

我就是。

「伊藤二葉，原來你眞的是S大的學生，而且讀的是理科，看來你很聰明。」

「我不聰明，只是很會背書。」

「背書？有什麼特別的方法嗎？」

「不，沒有，只是我可以過目不忘，把看到的東西像拍照片一樣記下來。」

「是喔。」

他在輕鬆自然的氣氛下，把我的底細摸得一清二楚。

「所以我不太會讀書，當初也沒抱希望，只是想試試光靠記憶力能不能讓我混進大學，就報考了這所學校。」

「父母說，既然你考上了，就去讀吧。於是你就來到東京？」

「沒錯沒錯，其實我原本覺得讀本地的大學也不錯，但因爲東京離老家不遠，我爸叫我去看看外面的世界……等一下，你怎麼會知道？」

「嗯？我只是在套你的話，因爲你學生證上的地址是宿舍。」

他純眞的臉上露出燦爛的笑容，而且我仔細思考後，發現自己對他仍然一無所知，甚至不知道他的名字。

「你從剛才就一直問我很多問題，我卻連你的名字都不知道。」

「對不起，因爲我想先瞭解你的身分，所以故意不告訴你。最近有很多針對小孩子下手的刑事案件。」

說完，他從書包裡拿出了筆。

「瀨川隼人？」

我把他寫在餐巾紙上的名字唸了出來，他用力點了點頭。

「十三歲，T學園中學部一年級，目前正在徵家教。」

家教？那的確是高時薪的代名詞。但是……

「我不行。我剛才也說了，我是靠死背考進大學，根本沒辦法輔導別人。謝謝你找我，但眞的不好意思。」

說完，我對他笑了笑，他搖了搖頭。

「沒關係，我並不需要你輔導我的功課。」

「啊？但家教不是……」

我忍不住感到困惑，他向我說明了情況。

「雖然我自己說有點難爲情，但我功課很好，所以升學並沒有問題。」

是喔，倒是很敢說嘛。

「但我媽很愛瞎操心，總覺得光靠學校上的課沒辦法順利升學，所以要求我升上中學之後，如果不想讀補習班，就要找家教，必須二選一。我才不想去讀補習班，有那種時間，還不如看自己喜歡的書。」

「那你可以直接跟你媽說清楚啊。」

「二葉哥，看來你不瞭解母親這種動物。遇到這種事，最聰明的做法，就是接受她的提議，嘖嘖嘖。」

他在我面前搖著手指，讓我有點火大。對不起喔，我沒你瞭解。

「所以，我想到了一個好主意。既然我非選不可，那我就選擇家教，只要我和家教老師談妥秘密契約就好。」

「秘密契約？」

「嗯，就是只要假裝是我的家教就好。」

他在剛才寫了名字的餐巾紙上，寫下了手機號碼。

❖

隔天，我按照他告訴我的地址，來到一片漂亮的集合住宅區。這裡和大學位在同一個車站，只是剛好在完全相反的方向。一整排兩層樓的房子，就是所謂的聯排「小透天厝」，外觀看起來比普通的公寓高級多了，讓我有點畏縮。

（我看還是拒絕好了。）

雖然我答應了少年奇怪的邀約來當家教，但還是感到無法釋懷，而且，我也不想欺騙他的父母，騙取打工費。

（嗯，還是拒絕他吧。）

在我下定決心的瞬間，背後傳來一個聲音。

「請問，你是不是今天開始來家教的老師？」

我看著紅茶冒出的熱氣，渾身都緊張起來。

「你是伊藤二葉同學？」

「對。」

隼人的母親看著我的履歷表，微微偏著頭。她穿了一件淡粉紅色的開襟衫，看起來很親切。

「好可愛的名字，你父母喜歡園藝嗎？」

不，我父母是兼職農夫，所以為我哥哥取了大地，為我妹妹取了三葉這麼不動腦筋的名字。

但我不想實話實說，所以只是輕輕笑了笑。

「媽媽，伊藤老師是我同學田中他哥哥的朋友。」

隼人事先沒有和我套招，就臉不紅，氣不喘地說謊。他媽媽完全沒有懷疑，微笑著說，那就放心了。伯母，怎麼可以放心？妳應該好好懷疑這件事啊！

雖然我在內心吶喊，但事態很順利地進行著。

「老師，那你去我房間吧。」

在隼人的催促下，我離開了客廳。打開隼人房間的門，裡面整理得井然有序，完全不像是中學男生的房間。既沒有偶像海報，也沒有看到一半的漫畫到處亂丟，我忍不住開始懷疑。

（他長得像偶像，而且連私生活也這麼愛乾淨。）

我巡視著房間，想要尋找他沉迷某件事物的蛛絲馬跡，看到一個很大的書架。書背上有很多片假名的文字，似乎有很多翻譯書。

「隼人，你的書真多啊。」

我佩服地看著他的書架，隼人露出不可思議的表情說：

「二葉哥，你該不會……」

「怎樣？」

「你該不會沒看過這些書？」

聽到他這麼說，我感到困惑。《桶子》？《步行九英里》？那是什麼？該不會是很知名的文學作品？

「對不起，我很少看翻譯書。」

「那這些呢？」

他把書架的一部分滑開，後方出現了日本作家的作品。《異邦騎士》、《黑桃A的血咒》，都是我沒聽過的書名，但我終於看到一本熟悉的作品。那就是前一天我遇見隼人時，在公園看的書。

「《閣樓的散步者》……」

「看來你勉強知道亂步。」

他聽到我的嘀咕，忍不住嘆氣。山田說，江戶川亂步是足以代表日本的偵探小說大家，叫我先看他的作品，然後把那本書交給我。難道……？

布魯圖，你也有份嗎？

「書名上有殺人事件的書都不會放在第一排，沒必要讓我媽操心。」

隼人說完，讓我看了後方那一排書，書架上全是殺人事件的書。即使我對推理小說一竅不通，如果先看到這些書，也會知道他是推理小說迷。

「不好意思，搞不好我是最不適任的人選。」

我坦誠地告訴他現狀，沒想到隼人反而露出開心的表情。

「那我可以告訴你哪些推理小說一點都不可怕，社團要交報告時，我也可以幫忙。」

「但這麼一來，我們的立場不是顛倒了嗎？你變成老師，我才是學生。」

「我時薪超高喔。」

「喂！」

隼人扮著鬼臉聳著肩，我輕輕打了他的頭，我們不約而同地笑了起來。我覺得應該和他很合得來。

既然是打工賺錢，就必須把事情談清楚。我向隼人提議：

「我每次來家教兩個小時，第一小時是自修，你可以按照你的進度讀書，如果有不懂的地方，我會盡力輔導。剩下的一個小時，你可以和我聊推理小說，也可以看書，但時薪只要給我行情的一半就好。」

「好，我向你保證，會利用那一個小時讓成績維持現狀，甚至有進步，這樣就沒問題了吧？」隼人笑了起來，但我還是覺得我太佔便宜了。

❖

我想瞭解隼人目前的狀況，所以讓他拿出去年的成績單給我看。他讀的是私立小學，所以是以五分制的寬鬆標準評分。

「啊，我想起來了。」

當我看著他成績單上全是4和5的分數時，隼人突然叫了起來。

「什麼事？」

「二葉哥，你不是說，你可以像拍照一樣過目不忘嗎？」

沒錯，我唯一的專長就是圖像式記憶術。想背的東西只要盯著看五秒，就可以完全記在腦海。

「那你可不可以把這張成績單背下來？」

「沒問題啊。」

我注視著成績單。花兩秒鐘感受整張圖像，再花兩秒記憶，一秒儲存。然後就大功告成了。

「完成了嗎？」

我看了五秒，把成績單收了起來，隼人瞪大了眼睛。

「嗯，如果需要長時間記憶的內容，會看多一點時間，如果只需要暫時記憶，這樣就夠了。」

「是喔，那我要考你。」

隼人說著，開始向我發問。

「國文是幾分？」

「五分。」

「自然呢？」

「四分。」

「體育呢？」

「五分。你的成績不是四就是五，所以很好記。」

「啊，對喔，那我來考你評語。」

隼人指的是老師在成績單上的評語。他一臉促狹地等待著，似乎想測試我是否眞的記住了那一大段評語，搞不好他期待我會出糗。我一邊這麼想，一邊把腦袋裡的成績單叫了出來，把手寫的欄位放大。

「『瀨川隼人同學無論課業和運動方面的表現都很出色，都是模範生，尤其是自由研究的討論會上，展現了冷靜而富有邏輯的表達能力，讓其他同學嘆爲觀止，難以想像中學生有如此出色的能力。在班上很受歡迎，人際關係方面也沒有問題，只是有時候會調侃老師，希望以後能夠多加改進。』還有，『展現』這兩個字第一次寫錯了，有用立可白塗改的痕跡。」

當我說完浮現在腦海的文字後，用力吐了一口氣。隼人輪流看著我和成績單。

「怎麼樣？我說的對不對？」

當我問他時，他好像終於被解開魔咒般開了口。

「……太厲害了！二葉哥，你太猛了，那寫在欄外的內容，你也記得嗎？」

「是班導師的名字嗎？吉岡理緒，是女老師，還有左下角有一個藍色小圈圈，是代表男生的意思嗎？」

「完全正確！真的太厲害了！你可以去上『笑一笑又何妨』了！」

隼人一興奮時說的話終於有中學生的樣子，讓人覺得很可愛。

「沒什麼厲害的啊，即使能夠全記住，功課也不見得好啊。」

「是這樣嗎？」

「嗯，因爲你想想看，數學的目的並不是背公式，重要的是知道如何用公式計算出答案。」

「有道理。」隼人抱著雙臂，深深點著頭。

❖

「當家教嗎？眞羨慕你找到高時薪的打工。」

在學生食堂吃午餐時，山田問我，我就說了打工的事。我還沒有告訴他到底要不要參加社團。

「但我以前沒當過家教，所以不知道要怎麼教。」

「你不是在家教中心登記的嗎？」

「不是，算是朋友介紹的。」

我總不能告訴他，是在公園被中學生搭訕，找我去當他的家教，所以只能這麼敷衍。

「所以也沒有人指導我要怎麼教學生。」

「那倒是。」

因爲我和隼人訂了密約，所以並沒有義務要教他功課，但我希望如果有需要，隨時可以教他。再怎麼說，我也是堂堂的大學生。

「那要不要先去買參考書？這樣就可以和學生一起解題了。」

聽到山田這麼說，我用力拍著大腿。原來還有這一招。有了參考書，隼人在第一小時就有事可做了，也更容易向他媽媽說明。而且，只要告訴他「今天做到這裡」，也可以減輕我感覺自己在騙錢的痛苦。

『約我見面？好啊？幾點？在哪裡？』

我傳了簡訊給隼人，他馬上回了訊息，顯然是手機重度使用者。但中學生怎麼可以用手機？在我家，基本上都是「阿嬤規則」至上，所以不許小孩子有手機。更何況我的同學都住在附近，也根本不需要手機。

『四點在車站大樓內的書店，OK嗎？』

『瞭解，如果你有空，結束之後可以去喝杯咖啡。』

他的回覆超快，而且說話像大人。如果我在中學時認識他，一定超崇拜他。

我先到書店後，在參考書區閒逛。這時，一群高中女生吵吵嚷嚷地走了進來，轉眼之間，就把狹窄的通道佔滿了。她們大聲聊著天，一隻手拿著漫畫，另一隻手拿著零食袋子，我猜想她們根本沒想過要買參考書。

這時，有一個女生看著一本包了膠膜的漫畫說：「啊，我超想看這本。」如果沒有我這個外人在場，她應該馬上會拆開包裝。可怕。眞是太可怕了。

「因爲我超想看後面到底怎麼樣了。」那個女生繼續說道。另一個女生說：「可以去那裡看啊。」這句話的意思是叫那個女生躲去角落看嗎？她們似乎覺得只要沒有人看到，做什麼都無所謂。果然很可怕。

「讓你久等了。」

我抬起頭，看到隼人站在那群高中女生後方向我招手。當我看向隼人時，那幾個女生也都看著他。

「妳們看，那個男生好可愛。」

「像不像是傑尼斯的？」

「他們是兄弟嗎？長得不像啊。」

那幾個女生七嘴八舌地討論著感想，我閃避著她們，離開了通道，假裝沒有聽到最後一個女生說：「那個哥哥也太不優了吧。」

伊藤二葉，十八歲。活到這麼大，從來沒有被人說過「帥」。

「二葉哥，你是不是很好欺負？」

我們來到文庫書籍區，隼人又拿起了書名很可怕的書。

「……你也看出來了嗎？」

「因爲你看起來人超好，人畜無害的感覺。」

「別人經常這麼說我，還說我像農耕民族。」

我嘀咕道，隼人噗哧一聲笑了起來。

「我懂我懂！因爲你看起來不像是狩獵的人，所以我也很放心地找你。」

「是啊。」

「嗯，你看起來人超好，衣著也規規矩矩，我想我媽應該能夠接受。」

原來如此。我深深點著頭。其實這幾天，我一直在想這件事。

因爲如果他要找願意遵守密約的家教，表哥或堂哥應該更適合，但隼人特地主動找上我這個素昧平生的人，對他來說，不是很大的冒險嗎？

（如果我看起來是老實人，骨子裡卻是一個壞胚子怎麼辦？）

想像的翅膀張開了黑色的影子。

和我長得一模一樣的男人一臉老實樣，跟著隼人一起離開，在夕陽中留下可怕的黑影。當他一走進那棟漂亮房子的客廳，立刻把隼人打倒在地，向他媽媽勒索金錢。隼人媽媽親切的臉因爲害怕而扭曲起來，她想要求救，但電話在很遠的地方，手機也被壞男人搶走了。隼人的臉上流著血，媽媽的臉頰上帶著淚。當太陽下山後，漆黑的室內只聽到男人的笑聲——

（不要不要不要！太可怕了！）

我慌忙用力閉上眼睛深呼吸，幸好隼人正在專心看書，沒有看到我奇怪的表情。

（……老毛病又犯了。）

沒錯，這是我的壞習慣。負面想像超豐富，只要稍有不安，就會一直向不好的方向妄想。

比方說，有一名中年男子在我前面跌倒，我就會想像他可能得了不治之症，而且當事人以爲「可能是年紀大了的關係，最近經常跌倒」，但其實家人都瞞著他，只有他不瞭解自己的病情。因爲家人覺得讓他像平時一樣生活，所剩不多的生命才能活得更有意義——

我第一次告訴朋友，我有這個壞習慣時，朋友笑著說：「這也是一種才華啊。」有句俗話說，「青春期的少女連筷子掉在地上都覺得好笑」，我的情況應該算是「連筷子掉在地上，都會懷疑得了腦瘤的疑心病」。

我這種人怎麼敢看殺人的小說？光看書名，我就自己開始腦補劇情，然後把自己嚇得半死了。

我心情沉重地低著頭，隼人拉著我的夾克。「二葉哥，你看你的右側。」

我看向文庫書籍區的後方，剛才那幾個高中女生站在那裡。

「她們手上抱著雜誌，但下面藏了漫畫。」

文庫書籍區的後方放的都是學術性的書籍，所以沒什麼人，而且她們說話的聲音變得很輕。顯然是……

「偷書嗎？」

我緊張起來。雖然經常聽到這種事，但還是第一次親眼目睹。

「八成是，但如果不是現行犯，就不能報警抓人，所以很難抓到。」

隼人說完，很自然地走向她們。

「喂，你別亂來。」

我還來不及展開負面想像，他已經採取了行動。

「借過。」

他大膽地從那幾個女生中間鑽了過去，她們突然被撞到，忍不住向後退了幾步。她們腋下的確露出了漫畫。

「啊啊，找到了找到了。對不起，因爲這裡有學校要我們買的書。」

隼人對著那幾個滿臉狐疑的高中女生露出微笑，完美的笑容簡直就像是藝人。

（他絕對知道自己笑容的魅力。）

沒想到那幾個高中女生的表情突然變得柔和，但隼人語不驚人死不休地加碼說：

「還是姊姊比較漂亮，姊姊，我也想讀妳們的高中。」

喂，這馬屁會不會拍過頭了？我看得目瞪口呆，其中一個女生笑著搖手說：

「如果你能來，眞的很開心，但不可能啦。」

「爲什麼？」

「因爲我們是女校啊。」

「傑尼斯弟弟，再見。」那幾個高中女生轉身走了。令人驚訝的是，她們離開之後，那裡多出來幾本漫畫。隼人拿起漫畫，皺起漂亮的眉毛說：「無聊又小家子氣，所以我討厭犯罪。」

你剛才不是還說她們是「漂亮姊姊」嗎？這傢伙簡直就像化身博士，一下子就從傑克博士變成了海德先生，看得我驚訝連連。

「所以你看推理小說嗎？」

「是啊，至少推理小說中的凶手意識到自己的罪行。」

「原來是這樣。」

我們走去漫畫區，隼人把漫畫放回原位時，小聲抱怨著。

「因爲即使偷東西，也賺不了幾個錢啊。而且會牽連無辜的店員，笨死了。我最討厭笨人。」

雖然他很聰明，臉蛋也很帥，但嘴巴不饒人。

「如果是窮得沒飯吃，或是因爲恨意而犯罪，我還能夠理解，基於某些思想而犯罪也可以理解。偷竊根本只是爲了尋求刺激，只是爲了快感，這種犯罪太低級了。」

「所以你阻止她們嗎？」

「嗯，因爲我看不下去。」

隼人撥了撥淡棕色頭髮後看著我。他的強烈正義感和行動力，簡直就像是小說中出現的少年偵探，但我的感動持續了不到零點一秒就被粉碎了。

「如果是我，會幹得更漂亮。」

「啊？」

我懷疑自己聽錯了，但隼人一臉嚴肅的表情看著我。

「我向來認爲犯罪必須優雅，你覺得呢？」

原本以爲他是天使，沒想到竟然是惡魔。即使這句話言過其實，我仍然覺得自己惹上了麻煩人物。參考書區內沒有其他人，我在選書的同時，不時偷瞄隼人。他的睫毛超長，雙眼皮很漂亮。上天眞是太不公平了。

「這本好像不錯。」

我從幾本看起來還不錯的書中選了內容一目瞭然的參考書，走向收銀台。隼人拿了幾本自己喜歡的文庫本，已經先結了帳。當我拿出皮夾時，他立刻對收銀台的人說：

「不好意思，請給我收據，抬頭請寫瀨川，項目請寫參考書費。」

然後又對我說，這是必要經費，晚一點會付給我。我聽了只能點頭。到底誰比較年長啊。

準備離開時，我在雜誌區看到了我關心的特集，所以就停下了腳步。用紅字寫的大標題是『大地震必定會出現！自己的生命自己救，但要怎麼救自己？』從小看著富士山長大的我當然不可能不看。

「怎麼了？」

「我想看一篇文章，可以嗎？」

「好啊，那我也在這裡翻翻雜誌。」

隼人走去時尚雜誌區，我翻開了災害時必需物品清單那一頁，把上面寫的內容記在腦海。一、二、三、四、五。完成。明天要去採買清單上的這些東西。

「讓你久等了，你在看什麼？」

我從他的身後探頭一看，發現隼人專心看著辣妹雜誌，標題是『春天的獵男服☆』。他喜歡這種類型的女生嗎？

「二葉哥，你對這個有什麼看法？」

我順著他的指尖望去，發現了貼在雜誌上的一張紙。

「你是說便利貼……？」

那張飄動的黃色紙上寫著什麼。仔細一看，上面寫著以090開頭的手機號碼，下面有一行字：『想要零用錢的女生，打這個電話囉。』

「好像只有貼在高中女生看的，尤其是辣妹的雜誌上。」

「你也看了其他的嗎？」

「嗯，我也看了針對粉領族、家庭主婦，還有同樣針對高中女生，但一些主題比較集中的雜誌，都沒有這種便利貼。」

也就是說，這張便利貼是針對特定目標而貼。至於『零用錢』……

「是援助交際嗎？」

我小聲嘀咕，隼人用力闔上雜誌。

「眞的太低級了，這就跟牆上的塗鴉沒什麼兩樣，應該貼去109的廁所啊。我口渴了，去喝咖啡吧。」

隼人說完，走出書店，我慌忙追了上去。話說回來，眞是太令人驚訝了，我每天都會經過這個車站大樓，以前從來沒有注意過這種事。沒想到。

（偷竊？援交？）

眼前的風景突然變了色，從粉色系變成了黑白色調，我有點混亂。熟悉而平靜的街道中，出現了另一個陌生的街道，那些事明明存在，我卻視而不見。隼人把那些事拉到我的面前。

觀察隼人後，我覺得他就像是一隻熟知大街小巷的都市貓，但他在自助式咖啡店點完飲料，迅速找到座位後，回頭看我的眼神，又像是在等待主人的貓，有點可愛。

「我在想啊，」他的面前放了一杯拿鐵，微微偏著頭，「剛才那張便利貼果然很奇怪。」

「哪裡奇怪？」

「因爲如果目的是援交，效率太差了。雜誌通常兩個星期後就下架了。」

聽他這麼說，覺得的確有道理。

「而且貼便利貼的人必須趁書店的店員不備，偷偷貼到雜誌上，値得冒這麼大的危險去做嗎？」

他用小湯匙舀起奶泡，伸出舌頭舔了一大口。這個動作也很像貓。

「那還不如像你說的，塗鴉在牆上還比較有效率。」

「對不對？所以是不是要反向思考？」

「反向思考？」

「對，思考那張便利貼出現在那裡的好處。」

我把砂糖倒進自己的杯子時思考著。

「如果貼在雜誌上有什麼意義，就是針對特定族群吧，容易找到自己喜歡的類型。」

「嗯，有可能。」

「除此以外，如果是因爲這個地點有意義，可能不是針對書店，關鍵在於車站。這個車站有很多學生會經過。」

「有道理。」

隼人可能從我的意見中得到了啓發，猛然抬起了頭。

「二葉哥，你記得便利貼上的電話號碼嗎？」

「嗯，記得啊。」

只是十一個數字，根本不需要背。我說出了電話號碼，隼人露齒一笑。

「我打算打這個號碼看看。」

「啊？」

我喝到一半的咖啡杯差點掉下來，幸好在千鈞一髮之際抓住了。他剛才說什麼。

「你不會很在意到底是怎樣的大叔貼了那種便利貼嗎？」

我完全不在意，絕對不會在意。我翻著白眼，隼人把剩下的拿鐵一口氣喝光了。

「別擔心，我不會涉入犯罪。如果眞的有問題，只要把那張便利貼交給店員或是警察就解決問題了。」

隼人一派輕鬆地說道，好像那張便利貼是和朋友之間的傳話遊戲，問題是便利貼上的內容可能比偷竊的犯罪程度更嚴重。比方說，「零用錢」可能只是暗號，可能是毒品之類的交易。新聞報導說，最近毒品已經蔓延到家庭主婦和高中生，一旦打電話去那種可怕的地方，反而會曝露自己的身分，對方惱羞成怒，最後殺人滅口。

（太可怕了，太可怕了！不行，眞的不可以！）

我滿腦子都是負面想像，努力用冷靜的聲音說：

「不不不，在打電話之前，還是先報警。」

但是隼人對我的話充耳不聞，拿起了托盤。

「二葉哥，你快喝啊，我們要走了。」

難道我身上完全沒有年長者的威嚴嗎？我無可奈何地跟著他走去車站的廣場，帶著豁出去的心情拿出了手機。如果打一通電話能夠讓他罷休，那就打吧。

但是，隼人制止了我。

「二葉哥，你誤會了，不能用手機打。」

說完，他指著角落的公用電話。可能是因爲手機普及的關係，綠色的公用電話設置在投幣式置物櫃旁很不明顯的位置。

被他這麼一說，我才終於想到這件事。如果用手機撥打，等於把自己的電話告訴了對方。因爲我宿舍沒有電話，平時都用手機聯絡，所以在這方面的反應太遲鈍了。

「對喔，差一點害死自己。」

隼人從皮夾裡拿出電話卡，插進電話中。

「如果眞的是援交，反而比較沒關係，但現在我們不瞭解對方的目的。」

他似乎認爲那個人的目的有可能不是援助交際，所以才選擇用公用電話，看來他比我腦筋清楚多了。

「最有可能的就是高額付費電話，否則就是鎖定辣妹做生意的僞牛郎。」

「僞牛郎是什麼？」

「正式的牛郎店不是都很貴嗎？僞牛郎就是那些只要用高中女生也能夠負擔的金額就願意提供服務，有點像吃軟飯的人，也可以稱爲出租情人。」

這個中學生的口中說出一連串令人難以置信的詞彙，都市果然很可怕。我的腦海中立刻浮現出阿嬤的臉，不知道爲什麼，我內心覺得阿嬤的臉具有避邪效果。

「你怎麼會知道這些事？」

「嗯？我只是在網路上看過。」

網路也好可怕，好奇心無法設限，只要想知道，任何事都可以在網路上查到。

「剩下的可能性，就是腦筋不靈光，但真的想要援交的人，或是不考慮後果的變態，到底是哪一種呢？」

他按了號碼，把電話放在耳朵上。看到他一臉興奮的表情，我的心情有點複雜。

（他喜歡看推理小說，當然也喜歡偵探遊戲，但把這種事當遊戲不太好吧。）

我對隼人的未來感到極度不安，正打算開口時，他把食指放在嘴上，用眼神示意我不要出聲。是不是有人接起了電話？

隼人沒有說話，就掛上了電話。

「沒人接電話嗎？」

我問他，他皺著眉頭，點了點頭。

「嗯，手機轉接到店裡。」

「那是一家二手書店。」

❖

聽到他說那是二手書店，我的緊張終於放鬆下來。

「是不是電話號碼錯了？」

我苦笑著問，隼人靠在牆上，抱著雙臂。

「我覺得應該不是。」

「爲什麼？」

「因爲我沒有說話，對方問我：『是不是看到奇怪的便利貼，所以才撥打這通電話？我經常接到這種電話，可能和我們店的號碼很像。很可惜，這裡只是普通的二手書店，沒辦法賺零用錢。』」

所以，對方也是受害者嗎？

「嗯，但我總覺得有點怪怪的。」

我看著路上的行人，忍不住嘆著氣。他的好奇心似乎還沒有得到滿足。

「二葉哥，我並不是在懷疑你的記憶，但我們可以再回去書店嗎？」

他說想要確認一件事。既然他這麼說，我當然沒理由反對。離晚餐時間還早，我這個閒閒無事的大學生接下來也沒有任何行程。

回到書店，再度來到雜誌區巡視。閃亮奪目的封面上，出現了我看不懂的文字。『潮服搭配攻略』是什麼意思？我翻閱著這些平時根本不太敢拿在手上的雜誌，在快翻完時，又看到一張相同的便利貼。我記住數字的排列後，又翻開下一本雜誌。數字的排列完全一樣。

「號碼果然沒錯。」

站在我身旁一起翻雜誌的隼人小聲說。

「既然號碼沒錯，就代表所有的便利貼都寫著二手書店的號碼。」

我不太瞭解他這句話的意思，但在他的催促下，走到不同的區域，那裡是沒什麼客人的地圖區。

「這就代表那個號碼沒錯。」

隼人小聲地向我說明。

「沒錯嗎？」

「雖然我還搞不清楚其中的原因，但不可能所有的號碼都寫錯吧？既然這樣，當然就應該認為那個號碼是正確的。」

我故意打開日本地圖，點了點頭。

「也許是這樣，但這麼一來，就代表二手書店的老闆想要找人援交。」

即使二手書店的老闆喜歡辣妹，會用這種方法嗎？如果想和高中生交往，應該有其他更好的方法。

「當接到電話時，如果像剛才一樣，不知道對方是不是女生時，就說打錯電話了。」

隼人假裝看著住宅地圖，偷瞄著雜誌區。這時，兩個身穿米色制服的高中女生走向那裡，她們一邊聊天，一邊翻著剛才的雜誌。她們會發現嗎？正當我這麼想的時候，其中一個人的手停了下來。

（啊，看到了。）

那個女生露出困惑的表情後，小聲地和同學交談著。她的同學也探頭看著雜誌，然後她們拿出手機，迅速撥了號碼後，闔上了雜誌。

「我們去跟蹤她們，她們離開書店後，一定會馬上打電話。」

「跟蹤，這也……」

偵探遊戲不知道什麼時候發展爲跟蹤遊戲了。我慌忙把地圖放回貨架，跟在快步走出書店的隼人身後。

隼人猜得沒錯，她們一走出書店，立刻在通道上打電話。不知道是基於好奇心，還是眞的想賺零用錢。總之，看起來完全沒有準備做壞事的感覺。她們和隼人都鎭定自若地打電話到奇怪的號碼，我完全無法理解這種狀況。

（如果在我老家附近，小孩子遇到這種事，都會在一陣慌亂後，趕快告訴大人。）

我注視著隼人五官端正的臉龐，心情難以用言語形容。這已經不是鄉下的孩子比較純樸，都市的孩子很精明的問題了。如果我是他的家人，每天一定會不安得快死了。他的母親知道他會露出這種表情嗎？

這時，一直觀察著通道斜對面的隼人身體動了一下。

「她們好像在記什麼。」

抬頭一看，已經打完電話的高中女生和她的同學在低聲討論著，不知道在記事本上寫著什麼。即使隔了那麼遠，也可以看到她手上握了一支鑲了金絲銀線的花俏自動筆。

「我們打的是同一個號碼，她們卻可以和對方交談。」

而且，既然在做筆記，就代表對方告訴了她們某些資訊。隼人一臉興奮地抬頭看著我。

「是不是決定約會的時間？」

「可能吧，我們不可能繼續跟蹤，但已經知道二手書店的店名，如果想要阻止，也不是不可能。」

古今中外的英雄都要拯救陷入困境的女人，偵探也一樣。無論福爾摩斯，還是明智小五郎應該也都曾經挺身救美。但是——

「但是，他們是各取所需啊，所以和我們沒關係。」

「啊？」

隼人一派輕鬆地說道，我再度陷入了混亂。

「有人想要花錢買年輕女生，年輕女生願意爲錢出賣自己，他們的意見一致，根本由不得我干涉。雖然我不想看到這種低級而又小家子氣的事。」

「嗯，是啦，只是你說得太直接了……」

到底該干涉，還是掉頭走人。如果是我，一定會爲該如何選擇傷透腦筋，但他在一眨眼的時間就做出了決定。

「但要阻止他把便利貼貼在雜誌上，因爲這會造成想看雜誌，卻不想援交的人和書店的困擾，我們去把那些雜誌裡的便利貼撕掉。」

隼人轉身準備走去書店，我制止了他。因爲那兩個女生的舉動有點奇怪。

「你看，她們在幹什麼？」

那兩個女生沿著通道走到投幣式置物櫃旁，就是我和隼人剛才打電話的地方。

「準備換衣服嗎？」

她們在沒什麼行人經過、不太引人注意的牆邊脫下了制服上衣，其中一人從皮包裡拿出一件開襟衫穿在身上，把一頭中長髮綁了起來。另一個人只穿了襯衫，但把袖子捲了起來。最後，兩個人照著鏡子，擦了口紅和睫毛膏，然後邁開了步伐。

「補妝嗎？但臉上的妝好像有點濃。」

我無力地看著她們的背影，但她們並不是走向出口的方向。

「她們不出車站，卻換了衣服，代表就約在這附近嗎？」

也就是說，只要繼續跟蹤她們，就會看到對方那個男人嗎？我根據目前爲止的經驗，斜眼看著隼人問：

「……要去看嗎？」

他只花了不到零點一秒的時間，用力對我點頭。

❖

但是，我們想錯了，那兩個高中女生再度走向書店。

「我們今天好像一直在書店和車站大樓之間打轉。」

「對啊，別人一定覺得我們這對兄弟很閒。」

「兄弟嗎？二葉哥，你有兄弟嗎？」

「有啊，有哥哥和妹妹。我哥很粗暴，總是把我的頭夾在腋下，但我妹妹很乖巧，也很可愛。」

當我回答時，想起了繼承家業的哥哥粗壯的手臂，和妹妹害羞的眼神。完了完了，離家才一個月，就已經開始想家了嗎？

「眞好，我是獨生子，一直很嚮往有兄弟姊妹。」

隼人看著那兩個高中女生，輕聲嘀咕道。那是我認識他至今，第一次看他露出寂寞的表情。

「如果你不嫌棄……」

我可以當你哥哥。我正想這麼說，隼人猛然抬起了頭。

「二葉哥，不好意思，可不可以請你記一些東西？」

我按照隼人的指示，站在書店的告示牌前。一、二、三、四、五。記憶儲存完畢。雖然我並不知道這有什麼意義。

我走回他身旁時，那兩個女生站在沒什麼客人的文庫書籍區，和剛才的偷書賊站在相同的位置。難道心虛的人都會聚集在相同的地方嗎？我忍不住想要上前吐槽。而且，她們也把雜誌夾在腋下，更糟糕的是，她們手上的書包蓋子打開著，簡直就像在說：「把書放進來吧。」

（我可能會從此不相信高中女生。）

隼人用極度冷靜的表情回頭看著我說：

「二葉哥，我等一下會故意去撞她們，把她們的書撞下來，你可不可以仔細看那些書名？」

說完，他踩著輕盈的腳步衝了出去。他一隻手拿著手機，故意用開心的語氣說著話。他假裝在和朋友聊天，沒有抬頭看前面的樣子太自然了。

（簡直是天生的演員。）

隼人假裝是不懂規矩的小孩，轉過書架角落時也沒有放慢速度，維持原來的速度衝向空間狹小的文庫書籍區，接著聽到了輕聲慘叫。

「喂，你幹嘛？」

高中女生一屁股坐在地上，狠狠瞪著他。她剛才拿在手上的書都散落在周圍的地上，另一個女生也被她撞到，重心不穩地搖晃著。雖然手上的書沒有掉下來，但我看到了她手上那些書的書名。三、四、五。OK，完成了。

總共有十本書。雖然有一半以上是漫畫，但以一次偷竊來說，數量還眞不少。更奇怪的是，漫畫的集數很凌亂，並沒有規律性。

（而且還有少年漫畫，眞搞不懂她們的閱讀傾向。）

我在腦海中思考這些書名時，猛然發現了一件事。難以相信。但是，爲什麼？

對不起。隼人鞠躬道歉，向那個怒罵著：「超火大」的女生伸出了手。我驚訝地看著他們，他和我眼神交會，下巴指向公告欄。我用力點頭，他用眼神示意已經瞭解了。

「眞的很對不起。」

隼人就像棒球少年般深深鞠躬，然後在店裡繞了一大圈，跑回我的身旁。

「一致嗎？」

「嗯，但是爲什麼？我完全搞不懂其中的理由。」

「我也不知道，但現在很値得去套她們的話。」

隼人小聲說話的同時，拉著我的夾克。

「二葉哥，你把這件衣服脫下來，然後把襯衫的領子敞開。如果有眼鏡的話就更好了。」

他在說什麼啊？我驚訝地瞪大了眼睛。

「啊？什麼意思？」

「別問那麼多了，如果不趕快，那兩個人要走了。」

我這個人的缺點就是不懂得拒絕，所以就按照他的指示脫下夾克，解開了襯衫的三個釦子，看起來就像是牛郎或是義大利黑手黨。我有一副上課時戴的眼鏡，所以也戴了起來。

「喔，OK！OK！感覺很棒。」

隼人高興地拍著手，他到底想要我幹什麼？

「我要讓你改變形象。剛才那兩個女生不是也這麼做嗎？一件上衣的顏色就可以改變印象，更何況是擦身而過的人，根本認不出來。」

脫掉上衣，換上開襟衫。或是改變髮型，把妝化得濃一點。原來她們剛才的行爲具有這樣的意義。

「二葉哥，你去她們那裡，對她們說我接下來告訴你的這些話。」

「啊？我嗎？」

「因爲像我這種小孩出面說的話，根本沒有說服力啊，不管內容如何，誰都不會認眞對待比自己年紀小的人說的話。」

雖然我能理解，但不知道該怎麼回答。

「而且，即使我的推理不正確，也可以阻止她們偷書，都是日行一善啊。」

我勉強被他說服，記下了他說的話。他說，重點在於語氣要低沉，表示「我全都知道」。

雖然我內心緊張得要命，還是假裝若無其事，一步一步走向她們。幸好她們還站在沒有其他人的通道上，但對於膽小的我來說，還是需要相當大的勇氣。

「同學！」

聽到我的叫聲，其中一個人抬起了頭。擦了漆黑睫毛膏的眼睛很可怕，我差點把視線移開。好像隨時會一巴掌甩過來的好戰感覺太可怕了。

「幹嘛？」

一旦視線從猛獸身上移開，就會被吃掉。我克制著內心的恐懼，小聲地說：

「妳抱在腋下的，就是電話中指示的書嗎？」

她們聽到這句話，臉上的表情明顯有了變化。不安和膽怯，以及強烈的警戒心變成了銳利的視線看著我。但我覺得她們的反應反而證實了隼人推理的正確性。

我拚命克制著內心的慌亂，傳達了隼人剛才對我說的話：

「那家二手書店會在近期遭到揭發。」

❖

兩個高中女生的表情僵住了。雖然我不知道其中的原因，但這應該代表隼人猜對了。

「那家二手書店一旦遭到揭發，警方會徹查老闆的手機，就會自動查到妳們的身分。據我的觀察，妳們今天是第一次，所以還有辦法辯解。怎麼樣？妳們想要辯解嗎？」

她們用力點頭，我盡可能壓低聲音對她們說：

「如果只有一次通話紀錄，妳們可以說：『因爲看到雜誌上的便利貼很好奇，所以就試著打了電話。』如果聽懂了，就把書放下，忘了這件事。另外，附近一帶的書店很快就會被盯上，所以要小心。」

「好，好。」

兩個人一臉害怕地轉身離開，我走向和隼人約好的地方。我演得成功嗎？

「辛苦了。」

隼人在麵包店後方的咖啡店向我招手。因爲如果去速食店和玻璃帷幕的咖啡店，她們回家路過時可能會看到，所以特地選在這裡。

「我都看到了，二葉哥，你的演技超好。」

「別鬧了，我以爲自己會因爲心跳過快而死掉。」

隼人可能肚子餓了，吃著咖哩麵包笑了起來。

「但是，從她們的反應觀察，十之八九猜對了。」

可能因爲鬆了一口氣的關係，我也覺得肚子有點餓了，所以吃了肉桂甜甜圈。

「你差不多該告訴我，你叫我說的那些話到底有什麼意義？二手書店到底發生了什麼事？」

「嗯，雖然很難說明，但我認爲是二手書店委託那兩個高中女生偷書。」

「委託她們偷書？」

因爲太出乎意料，我的腦袋暫時停擺。我完全聽不懂這句話的意思。二手書店委託高中女生偷書，根本是賠錢生意啊。如果老闆自己去當偷書賊，不用花一毛錢，但委託別人偷書，不是要付打工費和收購書的錢嗎？

而且，會接受這種委託的人也很奇怪。偷竊絕對不比正常打工好賺，更何況偷的竟然是書。我也曾經有過賣書的經驗，眞的賺不了什麼錢。

「這根本是高風險、低收益的行爲，但她們爲什麼願意做這種事？除了刺激以外，有什麼目的嗎？」

「目的當然是爲了錢。」

「……這是怎麼回事？」

我陷入一片混亂，隼人翻開了上課用的筆記本。

甜甜圈上的肉桂粉飄向空中，散發出甜甜的香氣。

「我猜想那家二手書店收購新書的比例異常的高。」

「但是，爲什麼？既然收購率很高，根本沒必要請別人去偷啊。」

「有必要。」

隼人把可可亞推到一旁，在筆記本上畫了起來。我低頭一看，發現是簡單的地圖，地圖上畫著「二手書店」和「連鎖書店」。

「我第一次打電話時，就得知了那家二手書店的店名，我剛才看住宅地圖，查到那家店的位置，發現那家二手書店旁，有一家大規模的連鎖二手書店。其他出版社出的地圖上還沒有那家連鎖二手書店，所以應該是最近才開的。」

「所以那家二手書店有了大型競爭對手嗎？」

剛才監視那兩個高中女生時，我們的確站在地圖區，我以爲去那裡只是因爲方便說話，沒想到隼人已經調查了這些情況。

「二葉哥，我想你也知道，最近的大型二手書店都打著歡迎讀者翻閱漫畫的口號吸引人潮，你認爲關鍵是什麼？」

吸引人潮的關鍵。這時，我想起最初見到的那幾個高中女生的談話——『可以去那裡看啊』。

「是新書！」

「沒錯，窮學生會去二手書店看新出版和續集的漫畫，因爲那裡的書沒有包膠膜，這是吸引人潮的方法之一。」

隼人咬著咖哩麵包，喝著漂浮著鮮奶油的可可亞。看了就覺得胃很不舒服。

「我之所以會這麼認爲，是因爲剛才請你記的排行榜名單，和她們手上的書完全一致。」

沒錯，完全一致。當時，隼人叫我記住書店公告欄上的書籍和漫畫的銷售排行榜，那兩個女生偷的都是排行榜上名列前茅的書。

「原來她們不是根據自己的喜好，而是根據排行榜挑書，難怪我覺得很不自然。」

「嗯，從這個角度看，便利貼的事也有了合理的解釋。因爲即使在離被偷物品很遠的地方留下這種訊息，效果也不會太好。」

隼人解釋說，如果在車站的公告欄，或是牆壁上塗鴉留下電話號碼，即使有人打那個電話，之後特地去書店的可能性也大爲降低。

「我相信那些想要偷竊的人討厭麻煩事，恐怕很難要求他們去書店看排行榜，然後偷排行榜上的書，而且有些人可能根本從來不去書店。」

「如果一開始就把訊息留在書店，就可以順利解決這個問題。」

「沒錯沒錯，而且漫畫的排行榜每個月都會有很大的變化，所以，貼在每個月會遭到淘汰的雜誌上也很合理。內容看起來像是援助交際，即使被店員發現，也很容易辯解。啊，可能只有和書打交道的人，才會精確鎖定願意偷書的讀者群。」

一張便利貼背後竟然有這麼多故事。隼人的腦袋到底是怎樣的構造。

「但是，爲什麼只貼雜誌呢？」

「因爲漫畫都有膠膜，文庫書籍的話，大人也會購買。即使是針對年輕族群的小說，我媽也會買啊。二葉同學，只要用刪除法推理就很簡單。」

隼人用好像小說中偵探的口吻對我說，然後把手肘放在桌上。

「但是，只有年輕辣妹會買辣妹雜誌，而且，即使其他年齡層的人或是男人基於好奇拿起來翻幾頁，也不會翻到後面。」

「所以那些便利貼都貼在後面！」

他的推理太精采，我只能感到驚訝。

「我也搞不懂爲什麼只鎖定女生。」

事到如今，我決定把所有的疑問都問清楚。隼人笑了笑，指著筆記本上的地圖說：

「二葉哥，你剛搬來這裡，可能還不太清楚，因爲這附近有很多女校。」

我差一點發出驚叫聲。原來他剛才看地圖時，不光是確認店家的位置而已。

「原來是這樣！」

而且，我還想到了找高中女生下手的優點。即使同樣是偷書，如果男生在店裡偷偷摸摸，很容易被鎖定，但如果幾個女生在店裡喧譁偷書，結果就不太一樣。即使覺得很可疑，店員也不會貿然上前確認。如果幾個女生圍成一圈，更不容易確認她們手上拿著什麼書。

（除非像隼人一樣故意撞上去。）

爲了找回流向競爭對手那裡的客人，必須搶先把新出版的漫畫陳列在書架上，但如果透過正常管道，很難馬上進貨，所以，二手書店老闆用看起來像是援交的措詞，委託高中女生去偷書。

「但這麼做，成本不是反而比較高嗎？」

我小聲嘀咕，隼人輕輕點頭。

「可能二手書店的老闆覺得，即使成本比較高，即使犯法，也想要吸引顧客上門。」

「但這麼一來……」

「嗯，老闆應該已經走投無路了，或是很不甘心，我在想，那家店可能很快就要倒閉了。」

心情很複雜。我不太瞭解社會的結構，但經常從新聞中聽到，大型連鎖二手書店逐漸排擠了傳統二手書店。

連鎖二手書店的店內都很明亮，因爲重視即時性，所以還有陳列新書的書架，客人當然會去那些店家，但是，傳統的二手書店也有優點，只是用這種方式作爲最後的抵抗，實在太令人難過了。

「這個時代缺乏夢想。」

隼人從書包裡拿出文庫本，嘆了一口氣。這句話太不像出自中學生之口，我只能苦笑。

「書中的犯罪都有理由和夢想。有的人爲了維持正義，也有人企圖策劃更大規模的惡行，但現實生活中都是爲了錢、錢、錢，全都是錢。你不覺得如果毫無理由殺人，被殺死的人死得很冤枉嗎？同樣被殺死，基於強烈的愛或恨而被殺死，不是更有活著的感覺嗎？」

雖然無法完全同意，但我能理解隼人想要表達的意思，也瞭解他喜愛推理小說的理由，但是，聽到他接下來說的這句話時，我的笑容僵住了。

「既然要倒閉破產，至少應該展現一下矜持，像是放火燒了陳列新書的書架之類的。啊，乾脆像《金閣寺》一樣付之一炬也不錯啊。」

比起偵探，他可能更適合當壞蛋。

❖

在車站大樓內晃了好幾個小時，來到戶外時，太陽已經下山了。隼人邁著輕快的步伐走在櫻花季節的夜晚街頭。

「今天太開心了。」

「我可是從頭到尾都提心吊膽。」

隼人聽了，立刻回答說：「我喝了滿肚子飲料。」雖然一開始不太知道該如何和他相處，但這幾個小時的相處，我們似乎變成了好朋友。

「下次會認真在家裡讀書，老師。」

準備道別時，他突然轉身看著我說：

「還有，這是我給你的功課。」

他把今天買的文庫本交給了我。書名是《壓畫和旅行的男人》，是江戶川亂步的作品。「膽小的人可以看《壓畫》，這是幻想小說，所以你可以放心。你之前看的《閣樓的散步者》中的《兩分銅幣》也不可怕。」

「喔，謝謝。」

沒想到在這起事件發生的過程中，他還不時想到我。年紀比我小的人這麼關心我，讓我感到高興，也有點感動。我愣在原地，隼人走了過來，用好像告訴我天大秘密的口吻說：

「其實當初我找你時，並沒有想太多。」

「……啊？」

「傍晚的時候，看到有一個人在看江戶川亂步，光是這件事就打動了我，所以我希望你可以喜歡推理小說。」

既然他這麼說，那我就努力看看。史上罕見膽小鬼的我終於下定決心要看推理小說了。我用力點著頭，隼人心滿意足地看著我。

「下次上課之前要看完，再見。」

隼人轉身消失在昏暗中。我舉著一隻手，茫然地看著他的殘影。他果然是貓，而且是和推理小說相得益彰的靈活黑貓。

❖

隔天，我受山田之邀，第一次去了社團活動室。那裡有幾個學長、學姊，我原本以爲社團成員都是宅男、宅女，看到他們之後，我終於放心了。

「你是新生吧？你喜歡看哪種類型的推理小說？」

戴著銀框眼鏡的學生問我，我雖然很緊張，但還是挺起胸膛回答說：

「因爲我很膽小，以前幾乎沒看過什麼推理小說，所以並不瞭解有哪些類型，但我之前看了江戶川亂步的作品。」

「喔。」桌子周圍的學長姊發出叫聲。

「你看過哪些書？」

我在學長、學姊的注視下，想起了隼人的臉。

「《壓畫和旅行的男人》，很美的故事，我希望可以多看這種類型的小說。」

「可以認爲這代表你已經決定加入我們社團嗎？」

「可以，請多關照。」

我深深鞠了一躬，大家都用溫暖的掌聲迎接我。

伊藤二葉。打工當家教的大學生，家教的學生是推理領域的老師。不，應該是貓。

第二章　消失的歌聲

我會死。如果現在地震，我絕對活不了。

住商混合大樓的電梯內擠滿了人，我獨自嚇得臉色發白。酒臭味和油炸食物的味道撲鼻而來，這座電梯的排氣應該有問題。

（一旦發生地震，電梯會先停下，之後氧氣越來越稀薄，然後我就會死翹翹。）

雖然我內心焦躁不已，但電梯的鐵箱子仍然緩緩下降。一旦出現負面想像，就會永無止境的壞習慣，在這種時候會以三倍的速度編織出噩夢。

（即使想要聯絡大廈管理公司，機器可能也早就故障了。因爲這棟大樓超舊的。）

眼前的狀況這麼危急，但電梯上的人完全沒有危機意識，更糟糕的是，一個喝醉酒的女生站在電梯角落跺腳大叫。她每次用力跺腳，這座破電梯就會跟著搖晃一次。

（死定了！鋼索一定會斷掉，這下真的死定了！）

伊藤二葉，十八歲，依舊膽小如鼠地迎接了五月。

電梯到了一樓，門終於打開，我用力深呼吸。可能因為一直在空氣不良的地方，大馬路竟然讓我感到很舒服。

「山田，你振作一點。」

我扶著爛醉如泥的山田走向公園。今天推理小說研究會，簡稱推研的學長和學姊邀請我們一起去喝酒，酒品向來不錯的山田難得喝掛了。

「啊，好想吐。」

「馬上就到了，再忍耐一下。」

他好像隨時都快吐出來了，我提心吊膽地一步一步向前走。上大學後，我和他曾經喝過幾次，第一次看到他爛醉如泥。

「到了，這裡是玄關，趕快把鞋子脫掉。」

山田默默地點了點頭，倒在被子上，就開始呼呼大睡。我原本以為他要直奔廁所，所以有點洩氣地坐在當成沙發的大座墊上。

為了學長和學姊的名譽，我要聲明，推研的聚餐向來都很和平。第一次受邀參加新生歡迎會時，我還很擔心「我幾乎沒看過什麼推理小說，萬一大家和我聊起推理小說怎麼辦？」。實際參加後，發現和普通的聚餐沒什麼兩樣，所以我也鬆了一口氣。

（我以為進入大學後，聚餐的時候，學長、學姊就會叫我：「乾杯！」然後我因為急性酒精中毒而躺在擔架上，被抬進醫院。）

而且我發現學長姊中也有人不看推理小說，這件事讓我大感放心。有人喜歡冒險小說、科幻小說和山岳小說，每個人喜歡的閱讀類型很多樣化，推研有點像是體面的文藝社。

今晚的聚餐很普通，也很輕鬆愉快，每個人暢飲自己喜歡的酒，聊著各自喜歡領域的書籍。

「這樣也會喝醉。」

我從冰箱裡拿出紙盒的果汁，小聲地嘀咕。山田也許有不為人知的煩惱，雖然他平時很人來瘋，但越是這種人，遇到問題時越會獨自煩惱。

❖

「KTV？」

我忍不住尖聲問道，但是山田一臉沉痛地低著頭。我忍著笑，把熱水倒進即溶咖啡。

「對，她說我唱歌太爛了，所以要和我分手。」

「竟然因為這種理由分手！」

「她說喜歡很會唱歌的人，但我只有幾首特定的歌唱得還不錯……」

山田吃著我從附近便利商店買回來的三明治，向我說明了事情的來龍去脈。他和他女朋友當初也是在KTV的廁所排隊時認識，雙方一拍即合。

「你們不是想上廁所才會排隊嗎？還有閒情在那裡聊天搭訕？」

「是啊，她帶了皮包，可能只是想去廁所補妝，我也不怎麼急。」

雖然他們的邂逅完全缺乏浪漫的要素，但他們還是開始交往，就這樣過了兩個星期。

「這兩個星期內，我們約會了六次，其中有三次都是去KTV。」

「……還眞喜歡唱歌啊。」

「對啊，但她唱歌的樣子很可愛，有點沙啞的聲音也很性感。」

只不過她要求山田的唱功也要有和她相同的水準。

「她每次都打開歌本問我，這首會唱嗎？這首呢？一直叫我唱，起初還有幾首會唱，但我會唱的歌並沒有那麼多。」

那當然啊，除非是有音樂方面的愛好，否則誰會有幾十首歌可以任君點歌，那才奇怪呢。但山田的女朋友似乎無法接受這樣的山田。

「最後，她生氣地闔上歌本說，算了，然後就結束了。伊藤，唱歌對人生這麼重要嗎？」

「不，呃……對我來說不太重要。」

山田好像借酒澆愁般，把咖啡當成酒喝了起來，又繼續說道：

「只有五首歌能夠讓評分機評出高分，這樣是不是太遜了？」

「不，不會太遜啊……啊？」

對不起，我完全沒有任何一首歌可以讓評分機評出高分。

「還是因爲我高一才第一次去KTV，所以起步太晚的關係？」

「……」

「現在唱〈夜空的彼岸〉已經落伍了嗎！」

「……」

我是在高三的時候第一次和同學一起去KTV，我唱的正是〈夜空的彼岸〉。

……這有什麼問題嗎？

在高三之前，我並不是沒去過KTV，但對伊藤家來說，去KTV唱歌這件事是一種儀式，通常都是在和親戚新年聚會之後，跟著父母一起去。而且我家在縣內也是靠近農村一帶，最近的KTV開車也要三十分鐘。

（由於方圓數十公里只此一家，所以那家KTV超貴，如果沒有大人贊助，自己根本沒錢去唱歌。）

上高中之後，我開始想和朋友一起盡情地唱歌。於是，我們在週末時，搭一個小時電車，前往那裡的城市。雖然和東京無法相比，但也算是繁榮熱鬧的地方都市，有很多家KTV，最重要的是價格很便宜。只不過在鄉下地方找不到什麼打工的機會，有限的資金讓我們無法無限歡唱。

但是，東京就不一樣了。

「KTV？我小六的時候曾經和同學一起去，怎麼了嗎？」

隼人滿不在乎地說，我忍不住感到有點暈眩。

山田抱怨了一大堆，在我的宿舍吃了午餐離開後，我去隼人家當家教。我們瞞著他媽訂了密約，第一個小時用功讀書，剩下的一個小時閒聊和看書。

「但是，你零用錢還眞多啊。」

書桌上放著爲我們的休息時間準備的紅茶和草莓蛋糕，隼人突然用叉子叉進最上面的草莓。簡直難以置信。如果我是小孩子，光是看到他這個行爲，可能就會把他視爲英雄。

「有些地方唱三十分鐘只要一百圓，只要比一杯果汁便宜，不是都會去嗎？」

我避開準備留到最後再吃的草莓，從鮮奶油比較少的角落開始吃蛋糕。唉，我眞是成不了氣候的小市民。

「只有小孩子去沒問題嗎？」

「嗯，雖然店家不是很歡迎，但也沒有叫我們出示身分證明文件，而且那時我們都假裝是中學生，更何況不是晚上去，所以沒什麼問題。」

一群小學生在包廂裡唱歌。雖然沒有必須強烈反對的理由，但總覺得在倫理上有點小問題，難道是因爲我是鄉下人的關係？

「唱久了會膩，特地去學一些受歡迎的歌或是饒舌歌曲也很麻煩，我現在更喜歡去漫畫咖啡店，二葉哥，你呢？」

我從來沒有想過要在自己的歌單裡加入饒舌歌曲，應該說，我的舌頭轉不過來，根本學不會。

「相較之下，我也比較喜歡漫畫咖啡店。」

因爲心情可以比較平靜。我在內心自言自語後半句話。其實我老家附近還沒有漫畫咖啡店，只有傳統的咖啡店，店裡放了一些漫畫而已。

❖

我和隼人約在車站見面後，去了最近的鬧區。晴朗的五月天空下，街道上擠滿了人。有手拿著冰淇淋的情侶，也有父母帶著孩子出門曬太陽，幾乎每一家露天咖啡店都人滿爲患。

「走進室內好像很可惜。」

我看著行道樹的樹梢，忍不住這麼說。隼人抬頭看著我，笑著說：

「也未必啊。」

「嗯？怎麼回事？」

我偏著頭，隼人瞥了我一眼，在人群中鑽來鑽去。他的身影看起來就像是都市的貓，偶爾轉頭回來看我的樣子更像。我緊跟著他，以免跟丟了。

「晴天的時候，有兩家漫畫咖啡店很值得推薦。一家是有晴天折扣的店，另一家就是這裡。」

「晴天折扣？」

「就像你剛才說的，晴天的日子，客人不想走進室內，所以有些店在晴天的時候提供折扣優惠。」

「原來是這樣。」

每家店都有自己的生意經。我不由得感到佩服，隼人走去大馬路後方小巷內一棟普通的大樓。我抬頭看大樓的看板，發現這棟十層樓的大樓，五樓以上都是店面。

我不經意地看著貼在入口牆壁上的館內示意圖。爲了防止意外的災害發生，必須隨時掌握逃生路線。隼人露出一臉好笑的表情看著我。

「二葉哥……你該不會在擔心地震吧？」

「對啊，而且可能會停電，至少必須瞭解自己目前的位置。」

我只是認眞回答他的問題，隼人卻放聲大笑起來。

「你把自己的才華浪費在一些莫名其妙的事上。」

「眞是沒大沒小，在緊要關頭時，這種知識就可以派上用場。」

「緊要關頭是什麼時候？」

隼人捧腹大笑著走進了電梯，毫不猶豫地按了頂樓的按鈕。乾淨明亮的大樓仍然有新房子的味道，電梯也和之前的舊大樓有著天壤之別。

「今年才新開張，所以大樓和漫畫都很新。」

「原來是這樣。」

「這是……」

不一會兒，電梯門隨著輕快的聲音打開了，眼前是頂樓的樓層。

眼前的景象讓我說不出話。因爲那裡充滿了陽光和植物。

「因爲天花板用了玻璃，成爲一間日光室，所以天氣晴朗的日子，比在公園感覺更棒，簡直就像在溫室。」

幸好還有空位，我們付了錢後走進店內。我們在相鄰的座位上坐下後，個子矮小的隼人被座位之間發揮屏風作用的觀賞植物擋住了。

「那我們去拿各自喜歡的漫畫後，再來這裡集合。」

隼人從樹葉中探出頭說完，再度消失在盆栽後方。我在店內逛了一圈，尋找適合的漫畫。灑滿明亮陽光的店內，有著和普通漫畫咖啡店完全不同的清新感覺，在這種地方，即使看一天漫畫也不會膩。開放式的通道很寬敞，廁所也又大又乾淨。隼人眞會找這種地方。

不一會兒，隼人回到了座位，沒想到他手上竟然拿著少女漫畫。

「這雖然是少女漫畫，但其實是很棒的推理小說，而且沒有死人，我覺得很適合你。」

很像是推理迷的他做出的選擇，我忍不住苦笑。

「我選的是經典的棒球漫畫，但並沒有英雄，而是一個認眞的隊長努力奮鬥的熱血故事。」

「二葉哥，很像是你的選擇。那我們就先來看書。」

隼人說完笑了笑，對我揮了揮手，消失在觀葉植物後方。

喝了兩杯果汁，看了五本漫畫，我的肚子咕咕叫。

「隼人。」

我對著旁邊叫，卻沒有聽到回答。我站起來探頭張望，發現他正皺著眉頭看漫畫。

「啊，二葉哥。」

「你眞專心啊，好看嗎？」

他終於抬起頭，用力點著頭，一頭淺色的頭髮也跟著飄動。

「超好看！我自己絕對不會挑選熱血棒球漫畫，幸虧你介紹我看。」

「我的也很好看，最後的結局超感人。」

「對吧對吧？」

隼人笑著說道，他孩子氣的表情和平時完全不一樣。

（如果他平時也這樣就太可愛了。）

他長相帥氣，也很聰明，所以平時是一個有模有樣的小大人，但有時候我會忍不住為他擔心。

我在他那個年紀的時候，眞的一無所知，但覺得自己很幸福。我總覺得隼人的腦袋裡裝了太多東西。

（他難道不會因為想太多感到累嗎？）

如果有時間為別人的腦袋操心，不如擔心一下自己的學分。我似乎聽到有一個聲音這麼說，但現在沒時間理會。

「我們去吃東西吧？」

我站了起來，隼人做出拿筷子的動作說：

「我想吃拉麵。」

❖

天空滿是陰沉的雲，氣溫有點低，眞想問前一天的五月晴朗好天氣去了哪裡。我和山田走在學校的迴廊上。

「天氣預報還說，今天是晴天。」

「這種天氣眞不想出門。」

我們約好要出去吃午餐，但天氣這麼冷，在街上亂晃似乎不是明智之舉。

「那要不要去KTV？」

「啊？」

他的提議太突然，我忍不住打量著山田的臉。因爲不久之前，他還爲了女朋友因爲這個理由和他提出分手沮喪了半天。

「不是啦，我並不是眞的想去唱歌。」

山田慌忙向我說明理由。

「因爲和前女友交往的關係，我對KTV也很瞭解。」

他說，最近KTV這個行業因爲競爭太激烈，許多店家都打出各自的特色。有的店以裝潢見長，有的打低價格路線，山田推薦的是以料理吸引顧客的店。

「因爲只要用正常吃午餐的價格去那裡吃午餐，而且還送飲料外加免費唱歌。你不覺得這麼冷的天氣，很適合去這種地方嗎？」

溫暖的房間的確很有魅力。我只穿了一件棉夾克，冷得全身起了雞皮疙瘩，立刻點頭同意了他的提議，完全不知道這是錯誤的第一步。

早知道不應該來這裡。

我仰頭看著山田手指的住商混合大樓，心情沮喪起來。這棟夾在大樓和大樓之間的細長大樓牆壁的顏色，讓人不敢繼續思考這棟大樓的屋齡到底多少年，而且，牆壁上還爬滿了裂縫。

「這裡物美價廉，所以並不重視裝潢。」

山田推著不安的我走向電梯。我走進電梯前，立刻看了建築物的示意圖。這棟大樓和之前聚餐時的大樓一樣，都必須提高警覺。萬一發生狀況，絕對超危險。我這麼想著，忍不住檢查了背包裡的東西。寶特瓶裡有水，巧克力棒也還在。萬一發生意外，至少還可以擋一下。

我在電梯內看著各個樓梯的店家。這棟七層樓大樓一樓是旅行社，二樓和三樓是中國餐館，剩下的四樓到七樓是我們要去的KTV。

我們在四樓走出電梯，那裡是櫃檯。走實用路線的櫃檯感覺像辦公室，但櫃檯前擠了不少人。身穿服務生制服的店員看著手上的紙說：

「目前還要等二十分鐘。」

「看來大家想的都一樣。」

山田用表情問我：「我們就等一下？」我點了點頭，因爲現在下樓，再去找其他店用餐太麻煩了。這種想法成爲錯誤的第二步。如果這時候離開，就不會被捲入災難了。

「請你們在候位時順便選一下午餐和飲料，如果要去外面等，請留下電話。」

聽到店員這麼說，我看著櫃檯上的菜單。回鍋肉、青椒肉絲，還有麻婆豆腐，好像都是偏中餐的菜色，所以是從樓下的中國餐廳送上來的嗎？我遲遲無法決定要點什麼，瞥了一眼旁邊的登記單。還要等幾組？

（順便記下來。）

如果被隼人看到，他又要笑我「把才能浪費在莫名其妙的事上」，但我把那張紙上的內容以圖像的方式記在腦袋裡。三、四、五。完成了。

幸好沒有等太久，服務生就叫了我們的名字。

「兩位的包廂在樓上那一樓，是五樓的五〇二室，請搭這座電梯上樓。」

只是去樓上而已竟然要搭電梯，未免有點奇怪，但這裡除了逃生梯以外沒有其他樓梯，我看著狹窄通道深處引導燈的綠光，再度走進了難以信任的鐵箱子。

錯誤的第三步，就是山田超乎我的想像，唱得不亦樂乎，欲罷不能。他來之前不是還說「主要目的不是唱歌」嗎？還是因爲唱歌而失戀，就打算用唱歌來療傷止痛？

（熱騰騰的拉麵當前，卻被迫聽他聲嘶力竭地大唱情歌，他有想過我的心情嗎？）

我用湯匙舀著炒飯，忍不住有點懊惱，而且這家店爲了縮減經費，每間包廂的面積異常的小，室內充滿了食物的味道，簡直快要窒息了。

「伊藤，你要唱什麼？」

山田熟練地翻著厚厚的歌本，另一隻手拿起餃子送進嘴裡。他也太忙了。這裡的料理的確好吃，但唱歌、吃飯很難同時兼顧吧。

「你不要客氣，多點幾首歌嘛。」

雖然他這麼說，但我不太想唱，所以就站了起來。

「我去廁所一下，你唱你喜歡的歌。」

「OK！」

我打開包廂門，來到走廊上，各個包廂傳出的歌聲繚繞在一起。這裡的隔音似乎做得很差。從各方面來說，整棟建築都令人感到不安。

我看向走廊盡頭的廁所，發現門口有人排隊。尤其是女廁所前更擁擠，可能女生都要補妝吧。

「人眞多啊。」

「因爲樓上沒廁所啊。」

有兩個女生大聲說話，我的目光很自然地看了過去。下一刹那，我發現這是我錯誤的第四步，頓時感到不寒而慄。

（她們就是之前在書店遇到的……！）

這兩個高中女生化著濃妝，把制服穿得完全不像制服。雖然這樣的高中女生隨處可見，但上個月，我在隼人的慫恿下，阻止了她們偷書。

（但是但是，那時候我戴了眼鏡，搞不好她們不會認出我。）

我悄悄轉過身，低下了頭。嗯，就這樣離開應該沒問題。問題是我的手機早不響，晚不響，偏偏在這種時候響了。

（我忘了設成震動！）

正在廁所門口排隊的人全都看著我。

（慘了！）

我慌忙從牛仔褲口袋裡拿出手機，但動作太用力，手機啪答一聲掉在地上。掉落的聲音和動作，讓我再度成爲衆人矚目的焦點。其中一名高中女生向我走來。她滿臉狐疑的表情看著我，塗了太多睫毛膏，睫毛看起來很沉重的眼睛超可怕。

「呃！」

「……」（她會殺了我！）

「我們是不是在哪裡見過？」

妳認錯人了，眞衰啊。如果我能夠說這種玩笑話，就不會活得這麼累了。

「就是上次在書店，你警告我們二手書店的事啊，你忘了？」

另一個女生原本一臉納悶的表情，聽到這句話，臉上的表情也變了。她也想起了我。徹底完蛋了。她們一定會把我帶去某個地方痛打一頓。果然不應該來這種地方。

「喔……喔喔，妳們就是上次的……」

我痛苦地點著頭，眼前的女生整張臉突然扭曲。不，不是扭曲，而是在笑。

「那次眞的把我們嚇壞了，謝謝你。」

「啊？」

「因爲那家二手書店後來眞的倒了，如果我們當時把書拿去，連我們也會遭殃。」

「對啊對啊，所以我們超感激你的。」

另一個人從扁扁的皮包裡拿出一張小紙片交給我。比名片的一半還小一圈的粉紅色紙上寫著「美由＆智子☆」。妳們以爲自己是明星嗎？

「我是美由，她是智子。」

呃，睫毛膏塗得太濃，頭髮比較長的叫美由；用唇蜜把嘴唇擦得油亮亮，中長頭髮的是智子。雖然我沒有自信下次見到時，還可以辨別她們。

「如果有什麼事，可以傳簡訊到這個手機，對了，你叫什麼名字？」

她突然發問，我不加思索地回答：

「我叫伊藤二葉。」

全天下有哪個笨蛋會在這種情況下說自己的眞名，而且是全名？

我就是。

「二葉哥，改天見。」

她們還稱我一聲「哥」。我感到莫名其妙的佩服，回到了山田等候的包廂。

「這麼久，去上大號嗎？」

我正想否認，突然聽到室內響起可怕的聲音。

「這是警鈴聲？」

「好像是。」

山田和我互看了一眼。

「最近經常因爲有人抽菸而觸動火災警報器。」

即使他這麼說，我仍然感到不安，打開門一看，刺耳的警鈴聲頓時傳入耳朵。而且，我看到剛才的店員從走廊盡頭跑了過來，他打開每個包廂的門，大聲叫著：

「二樓著火了！請各位沿著逃生梯下樓！我再重複一遍，這裡發生了火災，請立刻從逃生梯下樓！」

看吧，我就知道不該來這種地方。

❖

隼人的媽媽坐在我面前，一臉擔心的表情。

「伊藤老師，所以你沒事吧？」

可能是為了慰問我前一天遇到了火災，我開始為隼人補習前，隼人的媽媽請我到客廳，請我吃高級烤牛肉三明治。

「對，我沒事。後來並沒有眞的燒起來，只是小火災而已，所以雖然逃到樓下，但也不知道該幹嘛，有點無聊。」

「我眞是嚇壞了。昨天傍晚在看新聞，結果看到你在電視上。」

沒錯。當我們慌慌張張地從逃生梯下樓時，電視台的攝影師不知道從哪裡得知了消息，已經等在樓下，像連珠砲似地問：「你剛才在幾樓？」「裡面的情況怎麼樣？」我原本就已經夠混亂了，所以雖然沒做任何壞事，但還是低下了頭。

「你的樣子看起來就像罪犯。」

「隼人，這樣對老師太沒禮貌了。」

隼人一臉賊笑地說，他媽媽訓斥他。

「沒關係，我同學也都這麼說我。」

「是嗎？眞對不起，這孩子亂說話。」

「不，我當時看起來好像眞的很可疑，雖然我自己不太清楚，啊哈哈。」

雖然我笑了笑，但笑聲聽起來很空虛。學長說，當時我手上抱著東西，一臉鐵青地從媒體鏡頭前走過去，和一看到鏡頭，立刻擺出勝利手勢的山田簡直差太多了。

「那個逃生梯眞的超可怕！」

走進隼人的房間後，我忍不住說出了心裡話。

「現在竟然還有這種灰色的鐵樓梯，上面有不少鏽斑，可以清楚看到下面，而且有很多人一起走下來，有時候樓梯震動時，我的身體都會跟著搖晃。眞的超可怕。」

當時，我眞的以爲會在火災發生之前就跌落死亡，或是像武打電影一樣，樓梯一級一級從牆上脫落，我被甩到半空中。但山田和其他人都鎭定自若地走下樓梯，那兩個高中生，美由和智子還咬著口香糖，一邊聊著天。

「二葉哥，警察和消防的人沒有問你情況嗎？聽電視上說，是因為廚房不慎導致失火。」

「嗯，聽說起火點在二樓的中國餐廳，所以並沒有問我們太多，但當時在那棟大樓的人都留下了電話。」

這時，我想起了那兩個高中女生的事，把又遇見她們的事告訴了隼人。

「什麼？你又在自我介紹時說了全名嗎？你這個人還真是不能做壞事。」

「因為她突然問我，我就脫口回答了。」

「但既然她們向你道謝，可見也不算是太壞的結果。」

隼人竊笑著，拿起那張寫了她們手機號碼的紙片。

「對了，那兩個女生說了奇怪的事。」

「奇怪的事？」

推理迷隼人微微探出身體。

「好像是原本在那棟大樓裡的人不見了。」

「沒有人受傷吧？」

「嗯，當時在店裡的人應該全都去了樓下。」

但是美由和智子問我，二葉哥，你有沒有看到像我們一樣的女生？

「你曾經看到另外兩個女生嗎？」

「沒有，但她們說，曾經在廁所遇到那兩個女生，因爲穿著像制服的便服，所以說她們是冒牌高中生。」

「但因爲發生了火災，大家都逃到一樓時，卻沒有見到那兩個女生？」

「就是這麼一回事。」

我點了點頭，隼人抱著手臂，微微偏著頭。

「除了那兩個高中女生以外，還有其他人記得那兩個失蹤的人嗎？有沒有人向消防人員證實？」

「沒有，但我猜想大家的記憶都不是很明確。因爲那天去KTV的都是高中生、大學生，還有自由業的人，也就是說，有不少像那兩個失蹤的女生。」

「因爲是非假日的白天，客人必然都是這些人。」

隼人陷入了沉思。

「不能因爲那兩個失蹤的女生在一起，就認定她們只有兩個人，也許是一票男男女女一起去。」

「是啊。」

KTV這種地方的特殊性更讓人傷腦筋，很少有人會在那種地方特地記住別人的長相，尤其有很多人在等包廂時，更不會去注意。

「但店裡的人呢？」

「啊！」

聽到隼人的問話，我叫了起來。沒錯，如果那兩個女高中生在KTV，服務生應該記得她們，但是，我記得當時好像沒有人提起。

「……可能是美由和智子記錯了。」

我小聲嘀咕道，隼人更納悶地偏著頭。

❖

兩個女生從發生火災的那棟大樓消失了。這件事似乎刺激了隼人的興趣。

「失蹤事件嗎？」

他一臉陶醉地嘟噥著，看向放滿了推理小說的書架。

「沒想到竟然有這麼意外的發展。火災本身並沒有任何刑事案件的要素，所以警方和消防也沒有認真追查，但唯一的目擊者剛好是認識的人，這起事件就很值得推理了。」

正如隼人所說，並沒有人向我詳細瞭解情況，只是吆喝著：「從這棟大樓下來的人請來這裡集合」，然後叫我們在資料上塡寫電話。火災的肇事者是大樓內的工作人員，這種對應的態度也很合理。雖然形式化地問了「在火災發生前後，有沒有發現什麼異常情況？」這個問題，但幾乎所有人都搖頭。

「那兩個女生一定有理由才會失蹤。」

隼人站了起來，好像電視劇中的偵探一樣在房間裡走來走去。

「但是，警方應該進入大樓內檢查，也沒有人被送去醫院，所以那兩個人不可能被捲入事件或事故，這就代表……」

「這就代表？」

「那兩個人八成是自己離開現場。」

不，嗯，的確有道理，我也不認爲她們遭到了綁架。

「爲什麼要離開火災現場呢？我認爲這個謎團的關鍵就在這裡。」

「爲什麼……」

爲了整理思緒，我再度回顧了自己當時的行動。首先聽到了警鈴，然後服務生大叫著，打開了每個包廂的門，大家都前往逃生門，沿著戶外的逃生梯下了樓。來到一樓後，就看到了消防隊員和警察。

「是攝影機。」

「嗯，那兩個人一定不想露臉。」

隼人笑了笑，似乎在稱讚我答對了。但是，她們爲什麼不想露臉？難道是因爲其他原因，已經被人知道了長相嗎？我想起了美由和智子名片上的符號。

「她們會不會是偶像？」

如果那兩個人是藝人，當然不願意在寒冷的天空下，和大家一起等待。因爲並沒有造成死亡，所以逃走也不會感到愧疚。最重要的是，這樣就可以解釋她們爲什麼不願意面對鏡頭的原因。我得意地說出了自己的想法，隼人誇張地聳了聳肩。

「我說二葉哥，如果那兩個人是藝人，一定會有其他客人看到她們啊。」

「呃……」

「而且美由和智子絕對比別人更熟悉藝人，既然她們近距離看到之後也不知道那兩個女生是藝人，我認爲這種可能性很低。」

對，非常有道理。我垂頭喪氣，隼人對我露齒一笑。咦？我有一種不祥的預感。

「但是，光靠這些線索很難推理。」

「嗯，是啊，所以我想向目擊者瞭解情況。」

寫了那兩個高中女生手機號碼的紙在他的指尖飄來飄去。我就知道他在打這個主意。

❖

我們約在車站大樓內的速食店見面。

「啊，二葉哥。」

美由和智子揮著手走進來。她們今天也打扮得花枝招展，走徹頭徹尾的辣妹路線。如果被大學的同學看到，我不知道該怎麼解釋。

「咦？這個弟弟是誰？」

智子看著坐在我身旁，一身制服的隼人，微微偏著頭。我想起在書店那件事上，隼人只有跑過去撞她們而已。

（她們應該忘了。）

隼人看穿了這一點，再度卑鄙地露出了他拿手的偶像笑容。

「兩位姊姊好，我叫隼人。二葉哥是我的家教老師，他說今天要和漂亮姊姊見面，所以我硬要跟過來。」

隼人深深鞠了一躬後，抬頭看著她們。

「……呃，我在這裡會妨礙你們嗎？」

太卑鄙了，簡直卑鄙無恥。但是，美由和智子完全沒有察覺我冷漠的視線，露出了融化般的笑容。

「這個弟弟超可愛。」

「你留下來沒關係啊，反正我們並不是聊什麼重要的事。」

對了，你想不想加入傑尼斯？要不要我們幫你寄推薦資料？她們一坐下來，就圍著隼人興奮地討論起來。隼人害羞地低頭小聲說：

「呃，我不喜歡出風頭……」

到底是哪張嘴說出這種謊言？我斜眼看著他，他才終於把話題轉到我身上。

「二葉哥，你不是有正事要談嗎？」

「喔，對啊對啊。關於那天火災的時候，妳們提到的那兩個女生。」

「喔，原來是這件事，我們也一直很在意。」

智子把玩著冰沙的吸管，徵求美由的同意。

「嗯，因爲我們眞的看到她們了，但在場的所有人都沒有提到她們。」

「店裡的人也沒提起嗎？」

隼人問道，美由點了點頭。

「對啊，因爲我在想，怎麼可能沒有人提到她們，所以就一直留在那裡聽，結果眞的完全沒有人提起。」

「妳們爲什麼不自己告訴警察呢？」

「喔，因爲我們不喜歡和警察打交道……」

她們回答我的問題時含糊其詞。隼人在桌子下踢我的腳，似乎在罵我笨蛋。

「姊姊，我有點在意，妳們爲什麼會注意到那兩個女生？」

「啊？」

「因爲沒有人受傷，即使那兩個人不見了，也沒有人會覺得困擾啊。」

有道理，而且，除非對自己有利，否則美由和智子不像是會多管閒事的人。但她們一臉嚴肅的表情回答了隼人的問題。

「因爲我們覺得她們可能正在半蹺家。」

❖

所謂半蹺家，就是擅自外宿的進階式。沒有告訴家人，卻一個星期不回家。五月的季節，很多人會心理失去平衡，即使有半蹺家的女生出現也不會太奇怪。

（半蹺家多少天之後，才算是正式「蹺家」？）

智子不理會我的疑問，說出她這麼認爲的理由。

「電視。樓下不是有電視台的攝影機嗎？因爲攝影機沒有拍到她們。」

她們果然覺得這一點很奇怪。

「雖然這的確可以說明她們不想露臉的原因，但爲什麼這樣就覺得她們在蹺家呢？」

「因爲我們在廁所遇見她們時，她們看起來很開心，和我們一樣開心。」

爲什麼和妳們一樣開心，就認定她們蹺家？美由接著說明了理由。

「就像剛才說的，我們討厭警察，但很喜歡上電視或是被拍照，像我們一樣愛玩的女生，不可能刻意避開鏡頭。」

也就是說，即使犯了偷竊之類的輕罪，也會積極把握機會上鏡頭。這就是這些辣妹的行爲模式。

「所以，兩位姊姊覺得，既然她們刻意避開鏡頭，代表有很不願意被拍到的理由。」

「嗯，但如果犯了殺人之類的大罪，根本不可能去KTV唱歌，而且我仔細看了攝影機，是地方有線電視台的。」

「好失望喔。」智子笑著說。

「如果是地方有線電視台，很可能就在傍晚的新聞中播出。」

「沒錯沒錯，這麼一來，馬上就會被父母和學校發現。」

原來如此。如果是大電視台，這種小事件只會短暫播一下，而且也不知道會在幾點的新聞節目中播出，但如果是專門播放本地資訊的有線電視台，這種事件會成為傍晚新聞節目的頭條。

「還有，那種女生經常穿僞制服。」

僞制服就是看起來像制服的便服，我搞不懂穿僞制服的理由，所以好奇地向她們打聽，美由眨著眼睛回答說：

「如果非假日的上午穿著便服在街上走來走去，會引起警察的注意，盤問爲什麼不去學校，在街上幹什麼。但如果穿像制服一樣的便服，警察就會覺得可能只是蹺課或是早退，不太會上前輔導。」

「妳們觀察得眞仔細。」

我很佩服她們如此具有洞察力，她們害羞地低下了頭。原來她們也有可愛的地方，但這種想法在我腦袋裡停留了一剎那，她們說出了令人難以置信的話。

「不過，和二葉哥相比，實在差太遠了。」

「對啊，而且還揭露了二手書店的地下管道。」

等一下等一下！我忍不住在心裡大叫。

（雖然我是因爲上次這件事和妳們接觸，但是隼人推理出來的！）

我當然不可能把這些話說出口，所以只能忍耐。

「姊姊，妳們心地太善良了，竟然會擔心完全不認識的女生。」

隼人說完，雙手用力握著歐蕾咖啡的杯子，兩個女生的眼睛頓時變成了心形。我很感謝他岔開話題，但還是覺得不太能接受他這句話。

「姊姊，妳們還記得關於她們的其他事嗎？」

「其他……？」

「任何事都沒關係，比方說，曾經在門口遇到之類的，有沒有這種事？」

隼人巧妙地引導話題，但兩個女生完全沒有產生懷疑。嗯，太高招了。下一剎那，美由露出驚訝的表情抬起頭。

「智子！我們曾經見過她們！我們不是在櫃檯前等了一下嗎？當時她們也在。」

智子經過美由的提醒，似乎也想起來了，驚訝地捂著嘴。

「對喔！她們剛好在我們前面，我當時還很羨慕她們可以先進包廂，我記得是706包廂。」

「對喔！所以她們在七樓。不過我不記得她們的名字，太可惜了……」

隼人終於聽到了新的線索，露出專注的神情。

「姊姊，妳們在幾號包廂？我聽說妳們是在廁所遇到二葉哥。」

「對啊對啊，我們在六樓的602包廂，想上廁所時才知道，那家店只有奇數樓層有廁所，所以只能搭電梯去了五樓。」

原來是這樣，所以只有七、五、三、一樓有廁所，這時，我突然產生了一個疑問。

「妳們說她們在七樓，但既然這樣，根本不需要到樓下來上廁所啊。」

智子聽了，對我搖了搖頭說：

「我在排隊時聽到有人說，不知道是不是因爲在頂樓的關係，只有七樓沒有廁所。」

難怪廁所那麼擁擠。我當時就在納悶，爲什麼這種規模的店廁所會大排長龍，原來是因爲這個原因。

「原來如此……」

我喝著已經變冷的咖啡，隼人再度在桌子底下踢我的腳，暗示我該問的線索都已經問到了，可以找機會閃人了。我帶著年長者的威嚴，對她們說：

「嗯，多虧了妳們，已經快發現眞相了，等到有進一步的結果，我會傳簡訊通知妳們。」

「好，我們期待聽到好消息。」

「眞的會等你告訴我們唷。」

隼人，我們下次再見。美由和智子揮著手，我們也向她們揮手。隼人的臉上當然帶著燦爛的笑容，但是，當她們一走出速食店，他的臉馬上垮了下來。

「……眞失望。」

「啊？」

他皺著眉頭，看起來很不高興。這種人前人後態度的落差根本是詐欺。

「二葉哥，我們換一個地方。」

說完，他大步走了出去，我慌忙追了上去。

❖

走出車站後，隼人和我走去住宅區附近的一家家庭餐廳。因爲餐廳內人不多，所以我們被帶到餐廳後方的窗邊座位。

「住宅區的餐廳在傍晚的時候比較沒人，所以可以鎖定這個時間。」

「你瞭解得眞清楚。」

隼人聽到我的稱讚，笑得臉都皺成了一團。

「嘿嘿，其實是我媽教我的。我們一起喝咖啡時，她說現在這個時間可以慢慢喝。」

「你們母子感情眞好。」

「嗯，算是很不錯。」

隼人把頭轉到一旁，臉上出現了淡淡的紅暈。我覺得很溫馨，有一種幸福的感覺。

「對了，關於謎團的答案，」我們一起吃薯條時，我問了我在意的事，「你說很失望是什麼意思？」

隼人反問我：「二葉哥，我先問你的記憶術，你應該記得那棟大樓的逃生路線吧？除此以外，還記得什麼？」

我當然記得逃生路線，而且也順便記住了櫃檯和自己所在樓層的示意圖。我從皮包裡拿出筆記本，畫了簡單的圖給隼人看。隼人看了，心滿意足地點著頭。

「嗯，我就知道。」

「你知道什麼？」

「我知道頂樓有問題，因爲你在的五樓只有501到505號五間包廂，但由美和智子說那兩個人去了706號包廂，對不對？」

所以，只有頂樓的構造和其他樓層不一樣嗎？

「啊，她們還說，七樓沒有廁所。」

「對，我有點在意六樓的構造，美由和智子她們所在的樓層，不知道有沒有第六個房間。」

「原來這是關鍵，你等我一下，我來想一想。」

我再度翻開那一天的記憶。搭電梯、在櫃檯登記名字，然後店員填寫在候位名單上。

「啊！」

「你想起什麼了嗎？」

「嗯，我記下了候位名單，因爲我那時候在想，不知道要等多久。」

好，我來重播那段記憶。我把櫃檯的記憶放大，再靠近一點。很好，我看到了候位名單。從上方開始依次用紅線劃掉的名字，以及被分配到的包廂號碼。候位名單上寫了幾個號碼。

「……比我們早到的人應該都等了一陣子，上面寫著手機號碼。」

在我們之前十幾組客人的名字旁，寫著602號包廂。

「哈哈哈，原來姓田中這麼普通的姓氏，不知道是美由，還是智子。」

再上面那一欄就是那兩個失蹤的女生，旁邊寫了手機號碼。我把號碼唸了出來，隼人立刻寫了下來。但是——

「沒有包廂號碼……」

她們被安排到706號包廂，但候位名單上塡寫包廂號碼的地方空著。她們的姓名被用紅線劃掉，代表已經進了包廂。

「二葉哥，那一欄寫了什麼名字？」

我正感到納悶，隼人立刻爲我指引了下一步。姓名、姓名、姓名。

「竟然叫艾美。」

「應該是假名字。」

「……原來如此。」

「美由和智子應該也不是姓田中，去家庭餐廳和KTV時，很多人都不願意留眞實姓名。」

隼人平靜的聲音和我的記憶圖像重疊。既然名字沒有意義，那還能夠看到什麼？對，必須尋找包廂號碼。在一整排候位名單上，並沒有606的號碼。

「沒有，六樓也和我在的五樓一樣，只有五間包廂。」

隼人聽了，嘆了一口氣，搖著頭說：

「我就知道。」

「你就知道？」

「嗯，果然是令人失望的結局。」

隼人玩著可樂的吸管紙袋，垂頭喪氣地說。

「要不要告訴你結局？雖然情節完全沒辦法讓我當名偵探。」

我當然點頭如搗蒜。

❖

夕陽隔著窗戶，把深紅色的陽光照在我們身上。落日餘暉把隼人的輪廓襯托得很柔和，他看起來簡直就像少年漫畫中出現的主角。

「首先，從你剛才回想的候位名單中得知，消失的那兩個女生根本不是什麼半蹺家。」

「嗯，因爲她們留了電話。」

「沒錯，因爲蹺家的人不可能留下電話。」

我把牛奶倒進今天的第二杯咖啡，微微偏著頭。

「所以她們是因爲喜歡，才穿像制服一樣的便服嗎？」

「制服的問題可能有多種情況，可能是讀不需要穿制服的高中，或是覺得學校的制服很醜，所以就穿那種制服。」

「所以只剩下攝影機鏡頭的問題。」

「是啊，既然她們不是蹺家，即使被鏡頭拍到也無所謂，但她們爲什麼要逃走？原因就在於……」

「就在於？」

「因爲發生火災的那棟大樓，並沒有706號包廂。」

那兩個女生被帶到不存在的包廂，而且她們也消失了。

「對不起，我聽不懂你的意思。」

我對隼人說，他把水滴在縮成一團的吸管紙袋上。

「我的意思是，那棟大樓很怕消防車上門。」

扭動的吸管紙袋，讓我想起了水管。我以前也經常這麼玩。

「你是說，那棟建築物有問題嗎？」

「就是這麼一回事，我猜想那棟大樓違反了消防法。」

聽到隼人這麼說，記憶中的景象一頁一頁翻開。狹小的包廂、細長的走廊和數量不足的廁所，那種窒息的感覺讓我回想起推研的聚餐，照理說，我當時就應該察覺了。

「聽說現在KTV的競爭很激烈，所以那家店不注重裝潢，而是將重點放在料理上，結果生意還不差，連白天都要排隊。你說接下來店家會怎麼做？」

「……爲了能夠容納更多客人，把包廂隔得更小。」

所以每個包廂之間的隔板很薄，連走廊上都可以聽到唱歌的聲音，把原本是廁所的房間也改成包廂，所以廁所才會大排長龍。

「706包廂應該是通往逃生梯的走廊，但如果被發現那裡改成包廂，事情就大條了，所以才特地不留下記錄。」

「所以才沒有寫包廂號碼，但爲什麼只有七樓而已？」

「可能覺得所有樓層都這麼做的風險太大了。」

而且，那棟大樓只能搭電梯上下樓，也就是說，如果從樓梯走去七樓，就會被人發現多設置了一間包廂。

「我猜想應該在走廊盡頭放一塊好像屏風般的薄牆作爲包廂使用，同時告訴員工，萬一有人上門檢查，只要把那道牆挪開就好。他們現在一定故意把點唱機或是椅子放在走廊角落，告訴別人『這裡原本就不是包廂』。」隼人說完，哈哈大笑起來，突然皺起了眉頭。

「眞的太小家子氣了，所以我才說，現實沒有夢想，根本不值得推理。」

難怪他收起了偶像般的笑容。

「那兩個女生到底去了哪裡？」

「應該是員工塞了點零用錢給她們，請她們趕快閃人。」

「怎麼可以這樣！」

「因爲她們的包廂不存在，所以如果她們不離開，事跡不是會敗露嗎？一旦有人問候位名單上爲什麼沒有塡寫包廂號碼，可以回答是取消預約。如果你還是擔心那兩個女生，可以打她們的手機確認。」

隼人說完，嘎啦嘎啦攪動著杯裡的冰塊。

❖

聽完隼人的說明，就覺得那起事件太簡單，但我一個人不可能解開這些謎團。天色已暗，我們一起走在路上，我問隼人：

「我以爲你今天會先回家換便服。」

他向來小心謹愼，和美由、智子這兩個陌生女生見面時，爲什麼會穿制服？我一直很在意這件事。

「嗯，爲什麼呢？只是心血來潮。」

他該不會因爲那兩個女生向我道謝，所以也相信了她們？

「不過，我把制服的徽章遮住了，褲子也換了和學校規定的制服不一樣的顏色，所以我穿的也是僞制服。」

「你果然是個鬼靈精。」

我在說話時，忍不住有點失望。因爲我覺得自己是鄉下人，而且是濫好人，所以才不懂得保護自己的隱私。隼人用力拍著我的背說：

「但如果是以前，我根本不會想和那兩個女生見面。」

「是嗎？」

「嗯，我想應該是你推薦的漫畫發揮的作用。」

「熱血棒球漫畫嗎？」

「沒錯沒錯，熱血、熱血。」

隼人好像唱歌般說著，走在我的前面，走到岔路前，突然轉過身，從書包裡拿出一本文庫本。

「我忘了給你這個月的功課。」

我在路燈下一看，發現書名是《福爾摩斯辦案記》。

「原來是福爾摩斯，這可是古典中的古典。我曾經看過兒童版。」

「福爾摩斯的很多故事都不是殺人事件，所以我覺得很適合你。尤其這本書很適合作爲思索這次事件的參考，至於到底是什麼故事，你就自己看吧。」

「那我會在下次見面之前看完。」

我點了點頭，隼人心滿意足地笑著向我揮手。五月的夜風帶來了草木的味道。

「眞希望有一天可以解決更大的犯罪事件！」

隼人在月光下的道路上奔跑。我對著他矮小的背影小聲說道。

不對，最好不要遇到犯罪事件。

❖

幾天後，我如約把詳細情況用簡訊傳給了美由和智子，但我最後並沒有打電話給那兩個失蹤的女生。最重要的原因，是因爲根本沒必要。

看到美由和智子回覆：「二葉哥，你太酷了！」我再度煩惱起來。到底該如何澄清這個誤會？我這種人根本不適合扮演名偵探那麼酷的角色，隼人願意幫我澄清嗎？

隼人看了她們傳來的簡訊後，笑著說：「那兩個人也太笨了。」

伊藤二葉，十八歲。上大學之後，反而交了中學生和辣妹的朋友。我相信他們都是好孩子。

第三章　泳池下的蜃景

燦爛的豔陽下，穿著細肩帶背心和迷你牛仔短裙，一身涼快裝扮的女生走了過去。我的同學看到之後，一臉色相地戳著我的腰。

「夏天眞好。」

但是，我看著那個女生的黑色陽傘，忍不住想。

（爲什麼男生沒有像樣的防曬用品？）

根據專業書籍的介紹，澳洲因爲臭氧層破洞擴大造成的影響日益嚴重，由於紫外線會成爲皮膚癌的原因，所以小學生也要做防曬工作。在日本，幾乎每天都可以看到電視的化妝品廣告在宣傳，紫外線是肌膚大敵，但是——

（難道沒有人關心男人皮膚受到傷害，或是得皮膚癌嗎？）

我想到以前還曾經聽說宇宙射線好像也會危害健康，小時候從來沒有想過，只是走在馬路上，竟然要承受這麼大的危險。

（溫室效應眞的太可怕了。）

我抬頭望著萬里無雲的天空，忍不住嘆著氣。

伊藤二葉，十八歲。今天內心也充滿了不安。

❖

下課後，我和山田一起留在教室，另一個同學白井來找我。

「伊藤。」

回頭一看，只見一個黑影。不是啦，雖然還沒有放暑假，但他竟然已經曬得滿臉黝黑。我之前曾經聽說他參加了體育社團，可能是訓練的時候曬黑了。

「什麼事？」

「我記得你好像住在學校附近。」

「是啊，怎麼了？」

我偏著頭，白井從書包裡拿出了什麼門票。

「這個送你。」

水藍色的紙上印著黑色的字，看起來就像是自己做的地下樂團演唱會門票，仔細一看，原來是區民游泳池的門票。

「我最近都在那裡打工當救生員。」

「對喔，你參加的是游泳社。」

山田說，白井點了點頭。

「是啊，區民游泳池的救生員每年都是由我們社團的一年級生擔任。」

原來如此。之前就經常聽到社團成員接手學長的打工機會之類的事。

「眞好，可以運用專長打工。」

白井一臉不悅地小聲嘀咕：

「一點都不好，因爲今年一年級的社團成員人數很少，我假日幾乎都要去區民游泳池，連暑假都泡湯了。」

「但是，游泳池不是都會有很多女生嗎？很養眼吧？」

山田不懷好意地笑著，白井無力地搖著頭。

「你倒是想一想哪些人會來區民游泳池，最主要的是幼兒和他們的家長，其次是小學生，偶爾有中學生，只能勉強算是女性吧。」

「那還眞可憐。」

如果在海邊當救生員，應該可以期待豔遇。我看著白井練得很結實的手臂，忍不住有點同情他。

「而且我得了萬年缺錢病，原本打算趁暑假去打一份高時薪的工。」

「區公所的時薪很低嗎？」

「救生員還算高的，但外面的打工好賺多了，所以想要靠打工的錢去海邊玩，根本是做夢。」

白井說完，站了起來。

「反正就是這樣，有空就來玩吧，今年夏天，我幾乎每天都會在那裡。」

山田看著白井的背影小聲地說：

「這傢伙眞是名不副實。」

「啊？什麼意思？」

聽到我的發問，山田指著臉笑了起來。

「他叫白井，臉卻那麼黑。」

❖

快放暑假了，但我暑假並沒有什麼活動。唯一的旅行，就是推研要去長野縣合宿。但是……

「暑假有什麼安排？我要去歐洲旅行啊，怎麼了？」

瀨川隼人在開了冷氣的房間內滿不在乎地回答。他是我的家教學生，也是指導我推理的老師。

「歐洲……？」

「對，聽說這次要去好幾個德文系的國家，好煩喔，我比較喜歡長時間住在一個國家。」

「喔……」

我這輩子還沒踏出過日本一步。

「但我爸爸和媽媽喜歡，所以也沒辦法，為什麼中年人都喜歡浪漫的城市？」

隼人說完，像偶像雜誌彩頁照上的藝人般嘟起了嘴。

「因為歷史和文化充滿魅力吧。」

「但從小一直去這種地方，真的會很膩。」

隼人一臉「真是受夠了」的表情在桌上托著臉頰，我還真想體會一下對出國旅行受夠了是怎樣的感覺，哪怕一次就好。

「以小孩子的立場，暑假當然想去海邊啊。」

「海邊喔。」

「對啊，雖然去山上也不錯，但我絕對是看海派，很大的游泳池也不錯。去旅行時，飯店的游泳池都很小。」

隼人雙眼發亮地談論著水上滑梯和刨冰的話題，這種時候，他的臉上不見平時的早熟，表情很孩子氣，很符合他的年紀。我每次看到這樣的他，就感到很欣慰。

「啊，對了，說到游泳池！」

我想起白井白天送我的門票。

「這是什麼？區民游泳池？」

隼人拿著門票，歪著頭問。那一剎那，我感到極度後悔。

（我眞蠢，他要去歐洲旅行，如果是遊樂園的泳池也就罷了，區民游泳池，他怎麼可能看上眼？）

他不可能去。雖然我這麼想，但還是把來龍去脈告訴了他。

「我大學同學在那裡打工當救生員，所以送了我門票，你是這個區的區民，所以剛好可以去。」

「是喔。」

隼人把玩著很像是自己列印的色紙，打開了對折型的手機。嗯，他可能想要改變話題吧。不，一定是這樣。因爲他不好意思直接拒絕我這麼寒酸的邀請，所以正在找藉口回絕我。

「二葉哥，你什麼時候有空？」

隼人操作著按鍵，突然問我。

「啊?」

「所以,我們要什麼時候去?既然你同學在那裡,所以我和你一起去沒問題吧?」

他的回答太出乎我的意料,我的思考頓時停擺。

「啊,原來你要去……」

「什麼意思啊?不是你邀我的嗎?好奇怪喔。」

隼人說完,把手機行事曆的畫面拿到我面前。

「我從這一天到這一天要去旅行,其他完全沒有安排,所以可以配合你的時間。」

「呃,那八月第一週的星期三怎麼樣?因爲週末會很多人。」

「OK!那十點約在公園的入口。」

隼人立刻記下了日期,甩著門票,開心地笑了起來。

「二葉哥,游完泳之後一定要吃刨冰。」

❖

翌週,我騎著腳踏車從宿舍去公園。天空一片晴朗,氣溫從一大早就超過了三十度,是游泳的好日子。

「二葉哥。」

我在樹下乘涼，隼人揮著手，從馬路對面過來。雖然他也騎著腳踏車，但仔細一看，那是運動品牌推出的時尚BMX，和我在量販店以價格最便宜爲衡量標準所買的腳踏車有著天壤之別。

「早安。」

「好熱，好想趕快泡進水裡。」

我們再度騎上車，穿越公園，不一會兒，區民游泳池的招牌出現在正前方，手工製作的招牌上還畫了一個很醜的游泳圈。

「其實我是第一次來這裡。」

我感受著舒服的微風對隼人說。

「對喔，因爲你今年春天才搬來這裡。」

「對啊對啊，所以我有點期待，你小時候經常來這裡嗎？」

「嗯，很小很小的時候，但已經有好幾年沒來，這裡可能和以前不太一樣了。」

隼人騎著腳踏車，一頭淡棕色頭髮在夏日陽光下飄動著。該怎麼說，我覺得那個畫面太美，對於自己出現在他身邊感到很丟臉。但是下一剎那，隼人緊急剎了車。

「二葉哥，你看那個！」

「啊？什麼？」

我慌忙看向他手指的方向，看到了意想不到的建築物。富有透明感的建材打造了一個彎彎曲曲的藍色筒狀物，高度有二十公尺左右。

「那是水上滑梯！我小時候根本沒那種東西！」

隼人興奮地說道，我茫然地抬頭看著藍色筒子。不可能。區民游泳池怎麼可能有水上滑梯？絕對不可能。至少在我長大的城鎮，市營的游泳池只是比學校的游泳池稍微大一點而已。

（完全背叛了門票、招牌給人的印象！）

隼人用站姿用力踩著腳踏車，我趕緊追了上去，觀察著游泳池的外觀。乳白色的外牆完全沒有裂痕，入口旁還有看起來像咖啡店的時尚食堂。我猜想這個游泳池應該在近年重建過。

「趕快趕快！」

隼人匆匆停好腳踏車，立刻向我招手。走進玻璃帷幕的入口，遞上門票後，拿了置物櫃的鑰匙。我是三十三號，隼人是三十五號，像手錶一樣可以套在手腕上的鑰匙和我老家那裡的一樣，讓我終於鬆了一口氣。

「這裡眞大啊。」

我像往常一樣，記住了游泳池的地圖，發現這裡還有冬季用的室內游泳池。二樓是健身房，三樓是瑜伽和舞蹈教室。

「這個區好像有錢花不完。」

隼人難得和我一起看著地圖，聳了聳肩。

「稅金用這種方式回饋到區民身上，也沒什麼好抱怨的。」

要趕快去換泳衣。隼人快速跑向更衣室的轉角。

❖

踏進游泳池一步，熟悉的漂白水味道立刻撲鼻而來。

「哇，近看覺得好大啊。」

隼人看著水上滑梯笑著說，但不知道爲什麼，我笑不出來。

「你……眞的要去滑嗎？」

「當然啊，不滑怎麼行？」

隼人胡亂做暖身運動時，雙眼緊盯著巨大的滑梯。

「二葉哥，你的腿也要拉一下筋啊。」

我在他的催促下活動身體，但仔細觀察了滑梯的設置面和角度。雖說使用了牢固的樹脂，但不斷有人從上面滑下來，誰知道什麼時候會發生意外。

（最容易發生碰撞意外，萬一撞得不巧，頭部可能會受重傷。其次可能會因爲樹脂破裂受傷，光想像皮開肉綻的樣子就超恐怖！）

我在任何時候都會忍不住想像最糟的狀況，當然對這種一看就很危險的遊樂器材敬而遠之。而且仔細一看，一個身穿米色夾克、看起來像區公所職員的男人站在滑梯旁正在記錄什麼。

（滑梯絕對、絕對有設計錯誤！底下固定的螺絲可能鬆掉，某些地方角度太陡，可能會突然折斷！）

我獨自嘀嘀咕咕，隼人不知道什麼時候已經做完了暖身運動。

「二葉哥，走吧。」

「不，我在這裡看著你就好，畢竟我算是家長。」

「你在說什麼啊，一點都不可怕，快來吧。」

「但……」

隼人用力拉著我，我很不甘願地跟著他走了過去。絕望和死心的心境，簡直就像是被賣去市場的小牛。

「眞是站得高，看得遠，視野超棒的！」

走上長長的階梯，隼人站在起點，伸展著身體看著遠方，但我滿腦子都是接下來必須面對的恐懼，根本無法回答他。

「一轉眼就滑下去了，因爲在筒子裡，所以也不會飛出去。」

「呃，嗯。」
「那我先滑囉。」
隼人向我輕輕揮手，坐在滑梯的頂上，按照站在一旁工作人員的指示開始倒數計時。
「準備好了嗎？好，三、二、一、開始！」
隼人的身體隨著口號聲被吸進了塑膠管，我向下張望，發現他矮小的身體一路滑了下去。
（沒辦法。我絕對沒辦法！只能棄權了。）
我忍不住在起點前向後退，這時，工作人員猛然抓住我的手臂。
「啊？幹、幹嘛？」
「這麼大的人，怎麼可以害怕！伊藤。」
聽到自己的名字，我才回過神，看向工作人員的臉。
「……白井！」
「今天輪到我守這裡，後面都塞住了，你趕快滑下去！」
他用力把我拉到起點，只能被迫坐在那裡。
「等、等、等……」
等一下啦。我還來不及開口，白井就開始倒數計時。
「好，那就準備好囉。三、二、一……」

「不要，我……」

我想棄權啦。我正想大喊，白井的手用力把我的背往前推。

「開始！」

我好像昏過去般，完全不記得之後在管子裡怎麼走，只看到眼前的藍色塑膠管和疾走的感覺，以及身體記住了被吐出出口時的衝擊。

當我掉進水裡時，已經分不清天地了，簡直就像被捲入雪崩的登山客，我拚命掙扎，尋求著新鮮空氣。光。我要趕快去有光的地方。

沒想到腳很快就踩到了池底。我可以站起來。

「咦？」

耀眼的陽光下，我瞇眼巡視四周，發現那裡的水深只到我的腰部。

「二葉哥，怎麼可以在水深只有一公尺的地方溺水呢？」

隼人走過來對我苦笑著。

「我才沒有溺水，只是上面的工作人員是我同學，所以嚇到了而已。」

雖然這種辯解一聽就知道很牽強，但真希望他看在我比他年長的份上，不要繼續追究。

「喔，原來他就是你同學。」

「嗯，等一下我介紹你們認識。」

在水的深度和浴缸裡的水差不多的游泳池內聊天，一不小心就會聊很久。坐在游泳圈上的小孩開心地拍打著水，從我們身旁經過。隼人和我見狀，終於察覺不應該站在這裡，趕快走向更深的水池。

❖

我用蛙式，隼人用自由式，我們在五十公尺的水道來回游了三圈。

「如果每天來游泳，身材一定練得很好。」

我坐在泳池旁休息。巡視四周，發現很多人在陽傘下吃飯糰和刨冰。快中午了。

隼人剛好游回來，我對他說：

「要不要去吃午餐？」

「好，我再游一圈。」

隼人說完，用比剛才更快的速度游了起來。我怔怔地注視著他濺起的水花，以前的記憶突然甦醒。

哥哥、我和妹妹三個人經常去市營游泳池。妹妹還小時，都是由我負責牽著她的手在兒童池玩耍，當妹妹哭著說，水跑進她的耳朵和鼻子時，哥哥就讓她躺在游泳池旁的水泥地上。

「把進水那一側的耳朵壓在下面，躺在那裡不要動。」

我們乖乖地躺著，不一會兒，水真的流出來了。

「好奇怪。」

我和妹妹把臉頰貼在曬得有點熱的水泥地上，呵呵地笑了起來。每次去游泳池，中午都吃用鋁箔紙包起的飯糰和白煮蛋，嘴巴長時間泡水後，覺得撒在上面的鹽超好吃。

「二葉哥。」

「啊？」

「不是要去吃午餐嗎？」

我慌忙站了起來，和隼人一起走向建築物的方向。從游泳池這一側也可以去商店和食堂，所以有很多人拿著托盤走來走去。幾個看起來像中學生的女生穿著泳衣，大聲喧譁著，正在買霜淇淋。

「如果只是買食物，好像只穿泳衣也沒關係。」

「但沒帶錢包啊，還是要先去更衣室。」

我們站在上下兩層置物櫃形成一道牆的通道上擦拭著身體，然後套上了T恤。幸好我們的泳褲都是短褲款式，所以這樣看起來就像普通的衣服。

「這樣的話，也可以在室內吃。你覺得要在裡面吃？還是去外面吃？」

走進食堂，看著菜單時，我承受了今天不知道第幾次的衝擊。

（竟然有牛排套餐……！）

我向來認為公營的食堂，而且是游泳池食堂的食物，當然就只是關東煮、拉麵、蕎麥麵和烏龍麵而已，如果有賣肉醬義大利麵，就已經算很好了，所以站在餐券的自動販賣機前深受打擊。

（……我討厭大城市。）

但隼人冷靜的聲音拯救了我。

「喔，上面寫著牛排的牛是姊妹城市的牧場送來的，果然有區營游泳池的感覺。」

原來是這樣。如果是因為這種原因而出現牛排，我能夠接受。我終於平靜下來，再度仔細打量著菜單。咖哩可以選白飯或是印度烤餅，有焗烤義大利麵，還有千層麵。總之，這裡的豐富菜單和我以前所知道的游泳池大相逕庭。

「在裡面吃的話定食也不錯。如果要去外面吃，當然要吃豬排咖哩。二葉哥，要在哪裡吃？」

「嗯……既然來這裡，就去外面吃吧。」

「OK！」

隼人立刻按了餐券的按鍵，我也馬上買了餐券。我選的是叉燒麵和什錦關東煮的黃金組合。

「拉麵和關東煮，好奇怪的搭配。」

我們拿著托盤排隊時，隼人偏著頭納悶。我對著他搖了搖手指。

「來游泳池，當然要吃關東煮啊，這是必吃食物。」

「有這回事？」

午餐時間的食堂有點擁擠，除了游泳的客人以外，附近的居民和公所的人似乎也會來這裡吃飯。剛才在泳池旁看到的那個穿米色夾克的男人也在我們隊伍的前方。

我們在櫃檯前等待餐點送出來時，一張熟悉的臉閃過我眼前。

「白井！」

我叫了一聲，白井看到了我，對我揮手，然後向我走來，但突然臉色大變，又轉了回去。

「這傢伙怎麼回事啊？」

「剛才就是他站在滑梯上嗎？」

「嗯，是啊。他肚子痛嗎？」

隼人聽了，笑著說：「因爲著涼了吧。」我們端著做好的餐點，在池畔的桌子旁坐了下來，不一會兒，白井也端著托盤走了過來。

「剛才不好意思，因爲有點狀況。嗨，你好。」

他向隼人打了招呼後坐了下來。他點了大碗的咖哩和狸烏龍麵，簡直就像是碳水化合物的慶典。運動員的食慾太可怕了。

「伊藤，這裡雖然無法養眼，但環境很不錯吧。」

白井大口吃著烏龍麵，我和隼人都點著頭。

「游泳池的設備很豐富，但人不多，眞的很棒。」

「我可能會想要常來。」

「等一下我再送你們門票，因爲我的朋友很少有人住這附近，所以有很多門票。」

「太好了。」隼人做出勝利的姿勢，我把關東煮的盤子推到中間。

「大家一起吃吧。」

「喔，關東煮。」

「二葉哥說，關東煮是來游泳池的必吃食物。」

白井和隼人立刻伸出筷子夾了起來，我把軟綿綿的魚肉山芋餅撕下一大塊送進嘴裡，熱騰騰而又入味的關東煮漸漸暖和了有點發冷的身體。

「嗯，眞的很好吃。」

隼人瞇起眼睛，立刻又夾了一塊白蘿蔔。

「好久沒吃關東煮了。」

白井無限感慨地吃著白煮蛋。

「我很窮，所以住在我哥的公寓，兩個男人的餐桌簡直充滿殺氣。」

「但最近超商不是也有賣關東煮嗎？」

沒錯。我咬著蒟蒻，忍不住點頭，但白井皺著眉頭，搖了搖頭。

「你們都沒搞懂，我家不光是我，我哥也得了萬年缺錢病，所以假設有一百圓，才不會去超商買一塊關東煮，而是去九十九圓商店買十個餃子。」

白井把麵湯當作湯喝下去後告訴我們，關東煮對他來說是奢侈品。

「因爲咖哩最便宜，即使買大碗，也只要加五十圓，而且狸烏龍麵要放多少炸麵衣都隨便。」

白井聽了隼人的話，苦笑著點頭。

「喔，你觀察得眞仔細。沒錯，那是這家食堂最便宜，而且吃得最飽的組合。」

白井大口吃完咖哩，看著手上的防水手錶後站了起來。

「我要馬上回去工作，你們慢慢吃，要好好休息之後才能下水喔。」

「眞沒說服力。」

「別在意，別在意。伊藤、隼人，那我先走了。伊藤，我會再把門票拿給你。」

白井說完，走進了更衣室。

❖

我們聽從白井的建議，吃完午餐休息了一會兒，正打算再去游泳時，發生了一件小事。我走路時東張西望，不小心撞到了人。

「啊，對不起。」

在撞到的同時聽到啪沙的聲音，可能有什麼東西掉了。

「沒關係。」

那個人在說話同時微微鞠躬，原來就是剛才在食堂時也看到的區公所的人。剛才都是遠遠看到他，所以以爲他有點年紀，近距離觀察，發現他很年輕。我撿起地上的東西時，不經意地低頭看了一下，發現不大的筆記本上寫滿了數字。

（這、這該不會是關於危險器材的資訊？）

如果是他上午在滑梯旁時記下的數字，這種可能性相當高。既然這樣，我當然必須記下來。

（二、三、四……）

正當我準備記下來時，他搶了過去。

「不要隨便亂看。」

他皺著眉頭，把筆記本闔了起來。果然是不能對外公開的資訊嗎？但我已經把內容背下來了。

（這些數字到底代表什麼？）

「啊，對不起。」

我還來不及道歉，他就離開了，看來真的很不想讓區民知道。但我很在意筆記本上的奇妙數字，忍不住停下了腳步。

「你沒事吧？」

走在前面的隼人走回來問我。

「嗯，但那到底是什麼……」

「哪個？」

隼人偏著頭，我向他說明了情況。

「有點像推理小說中出現的那個。」

「到底是哪個啊？」

「密碼。」

脫口說出之後，我就知道慘了，但已經來不及了。

「密碼？怎麼回事？好有趣！趕快告訴我。」

隼人推理迷的開關被打開了，一臉興奮地抬頭看著我。

「啊，但沒有紙啊……」

我結結巴巴地說，他拉著我的手走去泳池畔，在一片水泥地上坐了下來。腳底踩到的粗糙感覺令我感到懷念。

「等我一下。」

隼人跑開了，蹲在游泳池畔，雙手汲了水過來。

「給你，你用這個寫。」

「這樣也行喔。」

他似乎要我用水把數字寫在乾燥的水泥地上。我找出記憶中的圖像，把手指浸在水裡，在地上寫了起來。

「1・3（11・35）・5・7・9（11・57）・11？」

「看不懂是什麼意思。」

「唯一的共同點，就是都是奇數。」

用點區隔的數字一直寫到29，只有3和9後面附了括號和數字。

「可能是和建築有關的數字，因為他一直站在滑梯旁。」

隼人聽了我的說明，偏著頭感到不解。

「如果是這樣，數字會這麼有規律嗎？通常都是記錄每隔幾公尺處的情況，怎麼會寫一整排奇數呢？」

「可能括號中的數字才重要，比方說，滑梯的直線處用偶數表示，彎道用奇數表示，3和9的地方狀況不太好。」

聽到我這麼說，隼人一臉佩服地點頭。

「二葉哥，你進步了。該怎麼說，你的思考方式已經很自然地富有推理性的解答。」

受到稱讚固然令人開心，但被他用這種方式稱讚，值得高興嗎？我這麼想著，對他露出尷尬的笑容。

「但是啊，」隼人看向滑梯的方向說，「雖然這麼說有點那個，但這個滑梯和遊樂園的相比，實在太不起眼了，我不認為有二十九個彎道。」

「被你這麼一說，好像的確是這樣。」

「而且如果想要找到狀況不佳的地方時，不是會記錄在原設計圖，或者是影本上嗎？」

「因為可能是區公所的極機密事項啊。」

聽到我這麼說，隼人繼續說道：

「如果是這麼想保密的事，只要在游泳池休息的日子調查就好了啊。為什麼要在游泳池開放的日子進行調查？退一百步，如果是調查有人使用時的狀況，就不可能是針對危險進行的調查。

因爲如果調查有人使用時的危險度，區公所必須負起相關的責任。」

也就是說，如果是針對危險的部分進行調查，照理說應該會使用現成的設計圖或圖表。

「……不過，天氣還眞熱啊。」

下午的陽光更強烈了，身穿夾克的男子仍然在池畔做調查。雖然不知道他在調查什麼，但還是覺得他很辛苦。

「那個人眞讓人在意。」

那個男人從腋下的皮包裡拿出手帕，隼人皺起眉頭看著他。

「在意他什麼？」

「白井哥剛才看到他的時候，不是馬上就逃走了嗎？」

❖

白井逃走了？突然聽到白井的名字，我有點驚訝。

「等一下，你是說剛才在食堂遇見白井的時候嗎？」

「對啊，仔細想一想就發現，那個男人剛才排在我們前面，而且白井哥看見你的時候，原本想要走過來，但又突然走開了。你不覺得他當時的表情，就像是見到了不想見的人嗎？」

「白井的舉動的確可以這樣解釋，但如果認定是因爲那個男人的關係，是否太輕率了？」

隼人聽了我的反駁後，指著滑梯說：

「這裡除了白井哥以外，還有其他救生員，有人負責淺水池，有人負責深水池。我剛才看了一下，發現他們兩個人在上午和下午分別交換，只有白井哥一直在滑梯上方，好像要刻意避開地面上的人。」

被他這麼一說，我發現白井的確一直都在滑梯上，那個男人一直在滑梯下方，很自然地會認爲兩者之間有某種因果關係。

「如果眞是這樣，白井爲什麼要躲著他？」

「嗯，我也還不知道，但我猜想必定是以下兩個原因之一。」

隼人把手指浸在快乾的那灘水中，在水泥地上畫了兩個圓。

「原因之一，就是白井哥和那個人有什麼私人恩怨；另一個原因，就是白井哥和區公所的人之間有什麼問題。」

「啊，所以他是想要避開穿制服的人。」

「嗯，我認爲後者的可能性比較大。因爲那個男人並不在意白井哥。」

的確。那個男人只是默默做自己的工作，並沒有監視白井。

「聽你們剛才聊天，白井哥好像很窮？」

「是啊，他之前在學校時也說，原本想找時薪更高的打工。」

「雖然他和他哥哥一起住，但他哥哥也很窮……」

隼人說完，低頭思考片刻。紫外線不斷侵蝕我們的後背，隼人終於抬起了頭，擦了擦額頭上的汗水。

「缺錢的人躲避區公所的人，是不是因爲沒有繳區民稅？」

滯納稅金。這的確會讓人想要躲躲藏藏，只不過……

「白井和我一樣，才十八歲，還不需要繳區民稅。」

聽到我的回答，隼人指著快要消失的那兩個圓說：

「白井哥沒有義務繳稅，但和他一起住在家裡的另一個人，也就是他的戶長哥哥應該要繳稅吧？」

「他哥哥？」

「對，但並不是稅金，如果是稅金，應該是稅務署的人找上門。白井哥躲避的是區公所的人，所以應該是健保費。剛才白井哥說，他哥哥也是學生。即使是學生，只要是戶長，就必須繳納國民健康保險費，最近輿論正在討論積欠健保費的問題。」

「喔，原來如此！」

我差一點表示同意，但立刻想到一個問題。

「但是，等一下，白井受區公所僱用，在這裡打工，如果他有積欠健保費的問題，不是會開除他嗎？」

「但如果實際積欠健保費的是他哥哥，白井哥的名字就不會出現在名單上。而且剛才我觀察了周圍，在游泳池工作的人都是打工的，幾乎沒有區公所的人。」

聽他這麼說，我才想起上午收票的人也是年輕人，在食堂和商店工作的人一看就知道是附近的大嬸，救生員都是大學游泳社的成員。

「即使區公所派人來這裡擔任主管，應該也是坐在辦公室，不會出現在戶外。正因爲是這樣的工作環境，白井哥也可以放心在這裡打工。」

隼人說到這裡，我接了下去。

「但是，今天公所的人來這裡調查，所以白井只能盡可能不引人注意，躲躲藏藏。」

「對，雖然即使被發現，也不能責怪白井哥，只是如果那個人去白井哥家，心情可能會很惡劣。」

太精采了。我忍不住輕輕拍手，同時答應隼人，會巧妙地向白井打聽這件事。

「既然解決了疑問，那就再去游一下。」

我站了起來，指著深水池說，隼人搖了搖頭說：

「雖然那裡也不錯，但再去玩一次那個。」

「又要玩？」

他走向水上滑梯，臉上露出調皮的笑容回頭看著我。

「二葉哥，你不會又要說害怕吧？」

❖

「你怎麼又來了？」雖然白井嘲笑我，但我再度從可怕的塑膠筒滑了下去。當我只剩下半條命在淺水池站起來時，看到一個幼兒抱著海灘球漂浮在水面上，但她的比基尼快鬆脫了。遠方有幾個穿著深藍色泳衣的中學女生圍成一圈，正口沫橫飛地聊著天。

（簡直就像在泡溫泉。）

悠閒的景象讓我有點暈眩，我尋找著隼人的身影，發現他坐在泳池畔，不經意地觀察著那個身穿夾克的男人。當他靠近男人時，男人立刻一臉凶相。

「那個人果然讓人很在意。」

「怎麼回事？」

「因爲我覺得他不是在觀察滑梯，而是在觀察滑下來的人。」

我偷偷看向男人的方向，發現他的視線隨著遊客移動，當幾個人從滑梯上滑下來時，他又在筆記本上記錄。隼人目不轉睛地觀察後，緩緩站了起來，離開了泳池。他可能已經掌握了什麼線索。

「二葉哥，雖然我還想再游一會兒，但有一件事實在太令人在意了，所以可以去換衣服了嗎？」

隼人問我，我點了點頭。

「好吧，這裡隨時都可以再來，當然要以解決謎團為優先。」

在更衣室換衣服時，隼人四處張望。雖然不認爲這裡會像上次的事件一樣，發生什麼犯罪行爲，但凡事都要小心爲上。我們的置物櫃在上層，旁邊一個年輕的父親從下層的置物櫃裡拿出短褲爲兒子穿上。

（在這種情況下想要犯罪恐怕很難……）

來區民游泳池的人經濟都不是很富裕，所以不可能有偷竊之類的行爲，小孩子也都有家長陪同，更不可能發生暴力行爲。

我們換好衣服後，再度去腳踏車停車場騎上各自的腳踏車。在公園內騎了一段路，隼人看到附近一帶的地圖，停了下來。

「往那裡。」

我不知道他要去哪裡，只能跟在他後面。隼人平時是熟知大街小巷的都市貓，如今快速穿越樹林，簡直就像住在森林裡的山貓。我忍不住偷偷苦笑。

穿越公園後，又經過幾條有車子通行的馬路後，隼人終於把腳踏車停在一棟建築物前方。

「我要進去這裡，假裝借廁所，你可以假裝是陪我的大人嗎？」

「OK！」

「我不在的時候，希望你觀察一下櫃檯內的人身上的衣服。」

「只要記住就好了嗎？」我問，隼人用力點頭。

「那走吧。」

隼人走去深處後，我不動聲色地觀察著櫃檯內的職員。有兩個男人，兩個女人，男人穿著有領子的短袖襯衫，下半身穿著西裝褲和棉長褲。女人也穿有領子的襯衫，下面穿裙子或長褲，基本上都是穿便服。

不一會兒，隼人從廁所走了出來，聲音響亮地道謝。

「謝謝！終於輕鬆了。」

櫃檯內的女人看到他天眞無邪的笑容，也跟著笑了起來。他的笑容在這裡也所向無敵。

「不客氣，歡迎隨時再來。」

隼人瞥了那個女人的胸前，露出更燦爛的笑容。

「姊姊，妳的襯衫顏色好漂亮。」

「啊喲，你眞會說話。」

這個與其說是姊姊，更像是阿姨的女人開心地笑了起來。

「我原本以爲這裡的人都穿棕色的衣服，所以很驚訝。」

「喔，那是秋冬季節，但也沒有硬性規定，所以大部分人都只是披在外面而已，因爲現在都戴這個。」

說完，她出示了掛在脖子上的名牌。看到名牌之後，我終於意識到事態的嚴重性。

游泳池的那個男人是假裝成區公所職員的冒牌貨。

當我們走出區公所的辦事處時，我興奮地對隼人說：

「現在提倡節能減碳，所以這個季節，區公所的職員根本沒有人穿夾克。」

牆上貼著的海報上也寫著：『爲了對抗溫室效應，夏季請穿著適合二十八度冷氣的服裝。』

隼人聽了我的意見，點了點頭，又補充了更震撼的資訊。

「沒錯，那是秋冬季節的服裝，而且那個人脖子上也沒有掛名牌，近距離看他的夾克，沒有繡這個區的標誌。」

「也就是說，只是故意穿這種衣服的普通老百姓嗎？」

「嗯，如果是建築相關的人，應該也會掛許可證之類的牌子啊，或是會穿某某土木工程行之類有公司標誌的夾克。」

我在騎腳踏車時，想到了新的疑問。

「那個人假冒區公所的人，到底在幹什麼？」

「我猜想那些數字應該是解決問題的關鍵。」

我們又騎回游泳池，停好腳踏車，在公園的長椅上坐了下來。隼人撿起一旁的小木棍遞給我。

「1・3（11・35）・5・7・9（11・57）・11……」

我在泥土上寫下了這些數字，隼人小聲嘀咕：

「一個大男人，在游泳池偷偷摸摸，會幹什麼壞事？」

「如果這裡不是區民游泳池，而是海邊，可能就是泡妞吧。」

「泡妞？」

白井之前曾經抱怨，沒錢也不能去海邊，所以今年夏天都沒搞頭，好寂寞喔。我把這件事告訴隼人，他猛然抬起頭。

「我知道了，是性犯罪！」

「啊？」

「二葉哥，我知道這些數字的意義了，只要橫著寫就好。」

「橫著寫？」

我聽不懂他的意思，茫然地把那些數字橫向寫了下來。

「除了括號以外，就是「1・3・5・7・9・11。這個游泳池有一個地方的東西是奇數排列。」

「有這種地方嗎？」我問，隼人指著手腕說：

「置物櫃的鑰匙，你剛才是三十三號，我是三十五號。」

「33・35……！」

我驚訝得差點叫出聲音。置物櫃的確很高，分成上下兩層，上層是奇數，下層是偶數。

「把括號中的數字也橫寫看看。」

說完，他在數字之間加了兩個點，11・35和11・57立刻看起來像不同的數字。

「十一點三十五分和十一點五十七分？」

「嗯，這個時間和置物櫃的號碼結合，是不是可以這麼想，三號置物櫃的人十一點三十五分走進更衣室，九號的人十一點五十七分走進去。」

那個人記下了置物櫃的號碼和出入時間，隼人又說這是「性犯罪」，綜合所有的要素——

「該不會是偷拍？」

❖

汗水從我耳朵後方流了下來。

「即使是偷拍，怎麼會在這種都是小孩的地方……」

我在說話的同時，腦海中浮現了我不願去想的詞彙。那是專門喜歡未成年女童的性癖好。在我眼中，小孩子就是小孩子，光是說這個字眼，就會感到背脊發毛。

「那傢伙一定是蘿莉控。」

隼人一派輕鬆地說道。

「水上滑梯旁有很多女生，所以他在那裡物色自己喜歡的類型。他一直帶著皮包，搞不好已經拍下了她們的泳裝照。」

那個男人的確在仔細觀察周圍的人。

「如果被他鎖定的人走去更衣室，他就用遙控器操作裝在置物櫃裡的隱藏式攝影機，拍下女生換衣服的樣子。置物櫃不是用鐵板彎起來，折起來的地方通常都是空洞，剛好可以裝在那裡。」

「啊，但這不太可能吧，即使他可以趁晚上的時候去更衣室裡裝隱藏式攝影機，他怎麼知道那些女生的置物櫃號碼？」

隼人聽了我的問題，再度指著自己的手腕說：

「置物櫃的號碼不是寫在那裡嗎？」

置物櫃的鑰匙都掛在手腕上，鑰匙圈的外側也寫了數字。難道那個男人偷看了那些數字？

「你是在吃完午餐時看到筆記本上的數字，所以幾乎沒什麼人離開，即使有人離開，也只是去吃午餐而已。」

原來那是記錄上午的情況，所以括號中的數字那麼少。聽了隼人的說明，我又產生了新的疑問。

「但是，爲什麼只寫奇數……只寫上層？」

置物櫃有上下兩層，在所有的置物櫃內設置攝影機，偷拍的效率不是更高嗎？隼人針對這個問題的回答再度讓我大吃一驚。

「我猜想他應該不喜歡使用下層置物櫃那麼矮的小女生。」

「啊？」

「因爲櫃檯的人看到有人帶小孩子來，就會給他們下層的鑰匙，其他人就會給使用起來比較方便的上層。只要稍微觀察一下就知道了。」

我完全沒有發現，但聽他這麼一說，我想起剛才在我們旁邊那對父子使用的是下層的置物櫃。

「所以，小學高年級以上的女生，都是使用上層置物櫃，他應該就是鎖定那些女生。」

我聽了瞠目結舌。

「既然這樣，他根本不需要去現場啊，因爲只要晚一點偷偷去收裝設的攝影機，上面應該可以拍到不少人，而且特地靠近做記錄，不是很不自然，反而會引起懷疑嗎？」

「是啊，但攝影機的電池可能無法撐太久，所以他想盡可能省電。這也算是一種節能。而且，他可能也想拍那些女生穿泳衣的樣子，至於做記錄，應該只是做做樣子。因爲如果他傻傻地站在那裡，不是反而很奇怪嗎？搞不好他最大的目的是可以靠近那些女生。我不是蘿莉控，所以對這些情況不太瞭解。」

隼人說完，聳了聳肩。

我也不瞭解啊。

❖

即使那傢伙不是在偷拍，仍然是可疑人物。我打電話去游泳池，請接電話的人找白井聽電話，然後把詳情告訴了他。因爲事出突然，他驚訝不已，我轉述了隼人要我說的話。

「總之，那傢伙不是區公所的人，這件事非常確定。」

三十分鐘後，我們正在公園的涼亭乘涼，接到了興奮不已的白井打來的電話。那個男人果然在偷拍，因爲他抓到了那個男人，所以游泳池方面爲他加了時薪。他一口氣說完了這些事後，又補充說：「那我現在要去警局了。」然後掛上了電話。

「隼人，太厲害了，完全被你說中了。」

我爲隼人鼓掌，他得意地笑了起來。

「這次有密碼，所以還滿好玩的。」

但結局是偷拍未免太低級了，最好置物櫃裡發現眼珠子或是屍塊才好玩。

隼人小聲嘀咕著，我看著他的側臉，在內心用力搖頭。

（我才不要！我絕對不想打開置物櫃，看到裡面有手指頭！）

我們去自動販賣機買了刨冰代替喝酒乾杯，隼人突然想起了什麼，在背包裡翻找著。

「對了對了，這是暑假作業。」

他遞給我一包東西很沉重，打開一看，裡面有五本文庫本的書。

「這是艾西莫夫的《黑寡婦俱樂部》，大部分都是一群紳士聚集在俱樂部裡聊天，感覺很優雅，所以我覺得很適合你。雖然是短篇集，但有五本，很適合暑假閱讀。如果想結合這次的事件，第一集的後半部分，有一個類似的故事。」

隼人搗著草莓冰笑著說。

「那暑假合宿的主題就決定是這個了！」

聽說推研的合宿要針對各自喜愛的作品分享自己的感想。我把老師指定的功課放進書包，用力攪動哈密瓜口味的刨冰。

「哇，好冰！」

「我的舌頭也麻了。」

我們在被從樹葉中照進來的斑駁陽光和蟬聲包圍的涼亭內大叫著吃完了刨冰。

我完全不願意思考今天一整天，我的身體承受了多少紫外線和宇宙射線。因爲我根本沒空想到防曬這件事。

第四章　畫框的背面

一進入十月，天氣突然變冷了。不久之前還是一臉夏日表情的天空，突然變得又藍又清澈，勉強活下來的蟬也帶著鳴叫聲一起消失了。

看向窗外，路上的行人都不約而同地穿著長袖襯衫，外面還加了一件夾克。我穿著T恤和短褲，裹著毛巾被在房間內發著抖，走去瓦斯爐前燒開水。

（想吃點熱熱的東西……）

我把手放在瓦斯爐的爐火上，瞥了一眼壁櫥內放衣服的箱子。

伊藤二葉，十八歲。不知道衣服什麼時候該換季，擔心自己會感冒。

❖

進大學後的第一個暑假轉眼之間就結束了，剛放暑假時，曾經和隼人一起去游泳池，也和山田當日來回，去了附近的海邊。後來參加了推研的合宿，又回了老家。雖然沒有特別熱鬧的事，但也算是度過了一個快樂、平靜的夏天。

「夏日夜晚離去的感覺眞寂寞啊。」

學生食堂內，山田把手肘靠在桌上，難得嘆著氣。

「再也看不到細肩帶背心，也看不到光溜溜的美腿了。」

「對你來說，這就是夏天的意義嗎？」

「當然啊，秋冬的時尚對我來說毫無意義。」

敢這麼承認倒也乾脆，我一邊吃湯麵，一邊激勵他。

「但天氣涼了，無論吃什麼都覺得好吃。」

「食慾的秋天啊！我想到超商門口有賣肉包子，等一下去買一個來吃。」

山田剛吃完超大份的炸豬排咖哩，一臉生動的表情說道。膽小如鼠又經常杞人憂天的我有點羨慕他這種個性。

上完課，走去打工的路上，一輛賣烤地瓜的小貨車緩緩超越了我。我被烤地瓜帶了一點焦味的甜甜味道吸引，叫住了賣地瓜的大叔，買了幾個烤地瓜。買完之後才想到，好久沒去隼人家了，剛好可以當作伴手禮。

「啊喲，老師，歡迎歡迎。」

漂亮透天厝的門一打開，隼人的媽媽站在那裡。我已經將近一個月沒見到隼人的媽媽。我的大學九月中旬才開學，所以和他們約好十月之後開始家教。

「我買了這個請你們吃。」

我把烤地瓜的袋子遞到隼人媽媽面前，她立刻皺起了臉。

（該不會他們家不吃烤地瓜？）

這也很正常。我家喝茶時的茶點都是仙貝或是大福，隼人家都是蛋糕和小餅乾，但隼人媽媽不擅長拒絕，所以我可能讓她爲難了。當我爲這件事感到有點沮喪時，隼人媽媽用開朗的聲音說：「眞傷腦筋，因爲最近有點發胖，我正在減肥，沒想到我最愛的食物竟然出現在我面前。」

「啊，妳喜歡嗎？」

「當然啊，既然你買了，那我們三個人一起吃。來，你趕快進來。」

她拉著我的手，我走進了瀨川家。

「二葉哥，好久不見。」

走進客廳的隼人雖然還是那麼瘦，但好像長高了一些。

「好久不見，你是不是稍微長高了？」

「嗯，一點點而已。」

聽到我這麼問他，他高興地點了點頭。一頭淡棕色的頭髮也跟著飄動。

「啊，對了，這是給你的伴手禮。」

隼人說著，遞給我一個小盒子。

「謝謝，這是去歐洲時買的嗎？」

「對對，在德國買的。」

我記得他之前說，這次旅行要去一個浪漫的城市。我一邊回想著這件事，打開盒子一看，是啤酒杯和德國香腸造型的磁鐵。

「很有德國的味道。」

「對不對？但我發現買伴手禮很不容易。因爲是夏天，所以不能買最安全的巧克力，餅乾的體積又很大，又不能送男生童話故事的手帕。」隼人聳著肩對我說，「因爲那是一個浪漫的城市。」

「這麼浪漫嗎？」

「隼人，你別亂說，只是歐洲普通的城市而已。」隼人媽媽笑著起身，準備去倒茶。隼人看著媽媽離去的背影，小聲對我說：

「我原本想送你在二手書店看到的《殺人肉店》繪本，但被我爸媽阻止了。」

瀨川夫妻，謝謝你們。太感謝你們了！我發自內心這麼覺得。隼人媽媽端著裝在花卉圖案茶杯中的奶茶走了回來，瞇著眼睛看著烤地瓜說：

「看起來眞好吃，但是我不能吃，因爲旅行把胃養大了。」

「媽媽，妳每次回來都說相同的話。」

「對啊。接下來又是秋天，真傷腦筋啊。」

把烤地瓜對半折開，熱氣立刻冒了出來。咬一口黃金色的地瓜，甜味立刻在嘴裡擴散。

「嗯，還是日本最棒！」

隼人說，他媽媽和我都點著頭。雖然我並不知道日本以外的國家。

自習的一小時快要結束時，隼人突然抬起頭。

「二葉哥，」

「嗯？」

「這本習題集快寫完了，我想最近找時間去買一本新的，你可以陪我去嗎？」

隼人很聰明，解題速度也很快。暑假之前買的習題集雖然很厚，沒想到不到一個月就寫完了。

「好啊，明天和後天，你哪一天比較方便？」

「嗯，後天吧。」

「那就四點在車站見。」

我和隼人約好之後，離開了他家。

❖

回家的路上，我搭了四站電車，去了一個大站買CD。因為已經是晚上，路上看到很多衣著花俏的辣妹和一身潮牌服裝的年輕人。他們無所事事地在街頭閒逛，一群人聚在一起聊天大笑。

（雖然才七點多，卻好像已經是深夜的感覺。）

一旦和他們對上眼，他們一定會找我麻煩。我對此深信不疑，所以盡可能走燈光明亮、人多的地方。但是，即使是這些馬路上，也到處都可以看到身穿西裝的男人站在街頭獵女生。

（牛郎？還是拍A片？或是英文補習班？）

反正都不是好事。只有這種時候，很慶幸自己是男人。我一邊這麼想，一邊繼續往前走。這時，突然有人叫住了我。

「呃，」

一個身穿迷你裙制服、看起來像在做什麼宣傳活動的女生擋住了我的去路。

「對不起，我不需要。」

我沒有看她一眼，立刻回絕了她。這是我來大城市後學到的技巧之一。我膽小如鼠，一旦看著對方的眼睛說話就很難拒絕，所以一開始就不看對方。但我也很擔心，如果一直這樣下去，自己早晚會變成一個討厭的人。

「喔，你誤會了。」

女人的聲音追著我。她說我誤會了，是代表她不是在街頭推銷的意思？

「有一個免費的畫廊，你是不是喜歡畫？」

聽到「畫廊」這兩個字，讓我內心的戒心降低了。她可能察覺到我的態度變化，從手上的塑膠籃裡拿出幾張門票遞給我。

「這是展覽會的免費門票，你可以去看看，也可以不去。可不可以請你收下？」

「啊，啊啊……」

她塞到我手上的門票上印著漂亮的風景畫，和我沒聽過的外國人名字。如果都是這樣的畫，去參觀一下的確不錯。但是——

「畫廊就在前面，前面轉彎就到了。如果你要去，我可以帶你過去。」

她這句話讓我感到不太對勁。既然就在前面，爲什麼還要特地帶我去？於是，我撒了一個小謊。

「對不起，今天我約了人，改天吧。」

她的反應果然不出我的意料，慌忙想要用談話留住我。

「你沒時間嗎？但這家畫廊開到很晚，你和朋友談完事情之後再來參觀也還來得及。」

她似乎無論如何都要我去那家畫廊。她的態度讓我感到害怕。

（絕對！我絕對不會去！）

如果對方不讓你有思考的時間，就要懷疑對方。我想起隼人教我的話。

「我快遲到了，對不起！」

我假裝看手錶，大步離開了。她在我身後叫著：「等你喲。」我絕對不會回頭。因為一旦回頭，可能就無法再擺脫她了。

❖

「二葉哥，你的應對很正確，你也慢慢變成城市人了。」

隼人在我們相約好見面的車站點著頭，把口香糖丟進嘴裡。

「兜售畫作都是鎖定男人為主要目標。如果你聽她的話去了那家畫廊，就會有假裝是客人的可愛女生來和你搭訕。」

你也喜歡這幅畫嗎？我也是！我們的興趣太一致了。

「有了這樣的伏筆，等你要離開時，就會問你想不想買這裡的畫，而且可以分期付款，每個月只要付兩千圓左右。賣畫的當然也是女生，會說什麼對藝術有興趣的男人很有魅力。」

「這……」

我當時的確曾經心動了一下。

「這不是用威脅的方式，而是灌迷湯，把你電得暈頭轉向後再詐騙。雖然每個月要付的金額不多，但要分很多期，所以會一直付不完。」隼人一邊咬著口香糖向我說明。話說回來，他到底從哪裡知道這些事？至少我在讀中學的時候，完全不知道賣畫詐欺這種事。我問了他這個問題，他很輕鬆地回答說：

「爲什麼我知道得這麼詳細？因爲我上次看了一套以職業騙徒爲主角的漫畫。」

「喔，是喔，對不起。」

我莫名其妙地想要向他道歉。

「很好看，而且也很有幫助，我很推薦你看。下次去漫畫咖啡店時去看看吧。」

「喔，嗯……」

眞搞不懂到底誰比較年長。我無力地點著頭，走向書店的方向。

在參考書區挑完書後，我隨意看著店裡的書，隼人向我招手。

「二葉哥，你看你看。」

他指著一本有關詐欺的書，上面寫著『從今以後，絕對不會再受騙上當！』的宣傳文字。

「怎麼回事？」

我翻了起來，書上介紹了各種不同方式的詐騙和手法。用貴得嚇人的價格推銷化妝品和健康食品，騙取英文會話課的補習費等等，內容五花八門。

「我覺得你大致記下來，日後會有幫助。」

「喔，原來如此。」

隼人知道我的專長是超強記憶能力。於是，我翻到專門以男性和學生為目標的詐欺內容，從頭到尾背了下來。作者可能認為男學生沒什麼錢，所以我花了不到一分鐘，就記下了所有的詐騙方式。

「OK，完成了！」

「哇噢，果然超快，這樣就安心了。」

隼人笑著說。我輕輕地點了點頭。只要有了這些知識，就不會再受騙了。想要在都市大步向前走不跌倒，資訊和迅速的判斷能力很重要。隼人經常這麼教我。

❖

『我會遲到一下，你去附近逛一逛，我差不多要三十分鐘才到。』

看著手機上的訊息，我忍不住嘆著氣。今天是山田說要去那家拉麵店，所以我們特地來到離家很遠的這家拉麵店。

（我記得他好像說過，因爲那裡的拉麵超大碗，叫我去之前什麼也別吃。）

那我就不能去咖啡店喝杯咖啡殺時間了，但這裡離車站很遠，看不到書店和CD店。無奈之下，我準備去散步，看到附近有不少看起來很時尚的店家。

（比起新宿和澀谷，這種地方更有大城市的感覺。）

看起來像是繪本中出現的雜貨店，和陳列了許多像是進口商品的精品店。男裝店內的衣服雖然很休閒，但都很有品味，穿著優衣褲和無印良品服裝的我不敢走進去。

晴朗的秋天過午，在陌生的街道閒逛是一件開心的事。柿子樹的樹枝從圍牆探出頭，桂花飄來淡淡的香氣。或許是因爲非假日的關係，擦身而過的都是推著嬰兒車的母親，和正在送信的郵差。在一片令人放鬆的風景中，我在小巷子的盡頭發現了一家店。原本以爲是麵包店，但仔細一看，原來是自然食品店，隔壁是一家小型畫廊。

（自然食品店和畫廊開在一起？）

也許是因爲兩家店都很漂亮，所以即使這樣的搭配很奇特，但整體感覺和周圍的風景很融合。利用住家一樓改建的畫廊內陳列著色調溫和的繪畫作品。

「可以進來參觀。」

我隔著櫥窗張望，店內傳來一個聲音。

「啊？喔，不用了。」

那個人可能原本站在柱子後方，所以我沒有發現店內有人。

「可以免費參觀。」

「喔，喔喔，好。」

自從看了詐欺的書之後，我對「免費」這兩個字更加害怕。我搞不清楚這家畫廊是怎麼一回事，站在櫥窗前猶豫起來。沒想到店內的人說了意外的話。

「如果你不喜歡繪畫，那就很抱歉，不然眞的很希望你進來參觀一下。」

隨著說話的聲音，看到一個年輕女生探出頭。我腦袋裡的危險信號亮了起來，但她顯然和之前『免費畫廊』的女生屬於不同的類型。她有著一頭自然的黑髮，身上的衣服也是襯衫加裙子的普通裝扮，至少不像是用賣弄性感的方式詐欺。

（我整天想這種事，眞的會變成一個惹人討厭的人。）

這裡是大白天的住宅區，不要當成夜晚的鬧區。我這麼告訴自己，走進了那家畫廊。

「打擾了。」

「不會，請慢慢參觀。」

她露出微笑，向我微微欠身。

（即使是詐欺，我也牢記了拒絕的方法和要注意的事項。）

我巡視室內，發現這個畫廊只有差不多一坪大的空間而已。除了她坐的地方以外，室內完全沒有椅子，也看不到通往其他房間的門。我從腦袋裡的索引中拉出確認事項，仔細加以確認。

『如果有兩張椅子，可能用於交涉和辦理手續；如果有通往展示室以外場所的門，很可能會在那裡受到威脅。』

嗯，沒問題。而且她並沒有在街上招攬客人。

『如果畫家的經歷很誇張，作品使用鮮豔的顏色，要提高警覺。』

掛在牆上的畫都是色調柔和的水彩畫，也沒有看到畫家的經歷。

（可能不需要太緊張。）

這時，我終於有心情慢慢欣賞畫作。但因爲畫廊很小，即使看得很仔細，十多分鐘就看完了。

「你覺得怎麼樣？」

當我看完最後一幅畫時，她再度問道。

「啊，是。嗯……」

如果回答太肯定，她可能會要我買畫。我內心掠過這樣的不安。但是——

「這是我畫的，所以如果你不介意，我想聽聽你的感想。」

「原來是這樣。」

我完全沒有想到畫家本人會來招呼客人，但這家畫廊很小，所以這樣也很自然。

「呃，我對藝術不太瞭解，但我覺得這些畫很美。」

「眞的嗎？」

她露出興奮的表情。

「對，該怎麼說，讓人有安心的感覺。」

這些色調柔和的水彩畫雖然沒有明顯特徵，但也不會讓人感到不舒服。隨時出現在別人家裡的客廳，也不會感到突兀，我想到了「差強人意」這個字眼。

「謝謝，因爲這裡位在巷底，所以很少有人進來參觀。」

說完，她拿出了芳名錄。

「下次開個展時，我想寄明信片給你。如果方便的話，可不可以請你留下聯絡方式？」

我認爲她並沒有別的用意，但我還是忍不住猶豫起來。她立刻露出遺憾的表情說：

「最近個人資料很容易遭到濫用，我能夠理解。」

「啊，我不是這個意思。」

我搞不懂自己爲什麼要辯解，她輕輕笑了笑說：

「那留一下電子信箱和暱稱，你覺得如何？」

這樣的確降低了風險，也許是好主意。但在下一剎那，我想起了隼人的話。

「二葉哥，你聽好了，無論在任何情況下，遇到突然開口問你住址和電話的人，都要小心提防。如果無法拒絕，就給對方你的電子信箱。」

如果我現在留下電子信箱，等於違背了他的忠告，但眼前這個微微偏著頭的女生不像壞人。怎麼辦？如果我想太久，反而會很奇怪。

我煩惱了半天，終於拿起了筆。

❖

「結果你就留下了個資？」

「是啊。」

我摸著昨天因爲吃拉麵而消化不良的胃，無力地點著頭。那裡的大碗拉麵眞不是人類的份量。

「但我留的是之前和你一起申請的電子信箱，名字也是隨便亂取的。」

之前去漫畫咖啡店時，隼人說「爲了以防萬一」，建議我申請了一個免費電子信箱。我已經有手機的電子信箱，對他的建議感到不解。

「一個就夠用了啊，這樣很麻煩。」

隼人一臉難以置信地看著我。

「二葉哥，你眞的是現代大學生嗎？」

「什麼意思？」

我有點生氣，從口袋裡拿出手機。

「如果再加上這個電子信箱，就是兩個了啊。」

但隼人搖著頭說：

「我不是這個意思，而是說，需要有防波堤。」

「防波堤？」

「對，有一個可以告訴任何人的電子信箱，就可以放心參加各種抽獎活動了。也就是當替死鬼的意思，因爲是免費的信箱，如果對方傳一些莫名其妙的郵件時，可以在網路上刪除。如果情況很嚴重，可以再換信箱。」

既然他已經這麼說了，我也沒有理由反駁，所以就申請了一個免費信箱。

「所以，我覺得沒問題。」

「是喔。」

隼人把手肘架在書桌上，把頭轉到一旁小聲附和了一句，好像已經對玩具失去興趣的貓。他的態度再度讓我有點火大。

接下來的幾天都平安無事，我對沒有收到她傳來的簡訊感到安心的同時，竟然有一種失落的感覺。

（雖然並不是希望她是壞人，只不過……）

只不過她的笑容很可愛。我必須承認，自己有這種想法。

我在學生中心陷入了沉思，有人用力拍著我的後背。

「嗨，伊藤，下次要不要去吃咖哩？」

「啊？」

「咖哩啊咖哩，配菜幾乎要從餐盤上掉下來的豪華咖哩！」

山田沒有汲取日前失敗的教訓，又發現了新的大胃王食堂，把雜誌遞到我面前。

「經過上次之後，不是已經發現，我們的胃口並不是很大嗎？」

「所以啊，這次不是飯量多，而是配菜多。有炸豬排、炸蝦，還有可樂餅和炸竹筴魚，還有炸燒賣，只要八百圓！怎麼樣，很猛吧？」

眞的很猛。根本是油炸食物天堂，實在太猛了。

「吃了一定會消化不良。」

「我不相信你看了不會心動，如果你眞的吃不了那麼多，可以點五百圓的炸豬排可樂餅咖哩。」

山田擅自爲我決定了要點的餐，拿出手機確認行程。

「下個星期有點忙，再下個星期怎麼樣？」

「好啊，但如果太遠就不想去了。」

「沒問題，沒問題，我下一堂有課，先走了。」山田虛應地說完後離開了。

「好吧。」

今天要去隼人家，但時間還早。我在思考接下來要怎麼打發時間時，已經走向了漫畫咖啡店。

我並沒有抱太大的期待，但上網打開免費電子信箱，看到她的郵件時，心臟用力跳了一下。

（寄來了！）

我緊張地打開郵件，果然是邀請函。但和普通的邀請函不同，並不是關於下一次個展的內容，而是寫著『最近又增加了新的作品，希望你有空時來參觀一下』，最後寫著「杏奈」的名字。應該是她的名字。

（那裡空間很小，如果不隨時輪換，可能無法展示所有的作品。）

想到這裡，我關上了網頁，起身去找漫畫。

我並不是因爲有什麼特殊原因，才沒有向隼人提及郵件的事，所以當他一直追問這件事時，我有點錯愕。

「收到她的邀請函之後，你去看了嗎？」

「嗯，但沒什麼好擔心的，眞的只是增加了兩三幅畫而已。」

她看到我去很高興，還請我吃了在旁邊那家店買的點心。

「什麼點心？」

「我也不太清楚，好像是雜糧餅乾。」

「有沒有請你喝茶？」

「請我喝了香草茶，據說對身體很好。」

他爲什麼追根究底問不完？根本沒有任何危險啊。但是，隼人用手指抵著太陽穴，又問了下一個問題。

「那個人的個展舉行到什麼時候？」

「啊？到什麼時候呢？」

我努力回想，但即使我努力在記憶中翻找，發現根本沒有輸入這個資訊。

「在畫廊舉辦個展要花不少錢，所以通常都只舉辦一個星期左右，但那個人至少已經舉辦了十天。」

「那又怎麼樣？」

「嗯，我只是在想，那個畫廊可能是她朋友開的，或是她本身很有錢。」

那家畫廊看起來像是透天厝改造的，的確不太有做生意的味道。

「所以，她是大戶人家的千金小姐，興趣是畫畫嗎？」

「也有可能，但重要的是，那個人的畫是不是在舉辦常設展。」

如果是常設展，有什麼問題嗎？我不太瞭解隼人的意思。

「沒有簡介之類的東西嗎？」

「啊，好像沒有這種東西。」

我和她一起喝茶時，沒有發現桌子上有類似的東西。

「你離開時，她也沒有交給你。」

「嗯。」

「她和你聊了些什麼？」

他幹嘛問得那麼清楚？我有點不悅，但還是回答說，只是閒聊了幾句而已。

「雖然我說自己是大學生，一個人住，但並沒有告訴她，我住在哪一個車站，當然也沒有告訴她學校的名字。」

因爲她也一個人住，所以我們聊了洗衣服、打掃之類的家事，以及有時候會突然感到很孤單，但這種閒聊中根本沒有提供任何能夠用於詐欺的資訊。

「最後的問題，是關於畫的價格。」

也就是說，如果想買畫，要付多少錢。關於這個問題，我記得很清楚。

「沒有標價。」

如果被迫購買，不知道要多少錢。我內心始終抱著這種危機感，所以一走進畫廊時，就確認了價錢，但是，每一幅畫都沒有標價，也沒有故意貼上「已售出」的貼紙。

「她是不是不想賣畫？」

隼人喀嚓喀嚓地按著自動筆的筆芯嘀咕道。

（她不想賣畫，代表眞的是千金大小姐嗎？）

她身上穿的並不是流行服裝，而是穩重的打扮，頭髮的顏色也很自然。說話輕聲細語，的確很像千金小姐。

「總之，有點奇怪，我勸你小心提防。」

「我不是說了嗎？完全沒問題啊。」

我覺得隼人好像在說她的壞話，忍不住反駁。

「不是這個意思，而是接下來可能會有問題，因爲詐欺的手法並不是只有當場簽約而已。」

今天覺得隼人這種高高在上的語氣很不舒服，所以我忍不住說：

「我之前就一直覺得，你這種不相信別人的態度大有問題。即使是大城市，如果每個人都是壞人，這個社會根本無法運轉，我勸你用更溫暖的眼神看這個世界。」

隼人聽了我的話，表情突然有點陰沉。

「我也之前就一直覺得，不動腦筋就相信別人的態度大有問題。」

「啊……」

「更何況這個社會早就無法發揮正常功能了。老師欺負學生、警察酒後開車，甚至有父母殺兒女這種事。如果在這種環境下無條件隨便相信別人，再多條命都不夠賠。」

他突然用這麼可怕的話反駁我，我有點不知所措。

「太誇張了。」

「如果只是一個人能夠承擔的事也就罷了，但像是借錢，明明是父親借的錢，債務卻落到兒子頭上。有時候只是借一個名字給朋友，就惹上了麻煩。所以我勸你要小心，再怎麼小心都不會過度。我向來這麼認爲。」

隼人的表情太嚴肅了，我只能沉默不語。雖然瀨川家目前看起來很富裕，難道以前曾經發生過金錢糾紛嗎？

（雖然完全沒有眞實感。）

我當然不可能追問他這件事，所以兩個人之間的氣氛有點尷尬。我正在找機會開口，隼人突然開口問我：

「……你在生氣嗎？」

他探頭仰望著我的臉。他太滑頭了，竟然故意用這種小孩子的手法。

前一刻還在笑，下一秒就突然生氣；剛才以爲他在頂撞我，沒想到主動向我道歉。他的態度轉變之快，眞的像一隻貓。

「我覺得剛才好像說過頭了。」

他一臉溫順的表情低下了頭，和剛才判若兩人。我虛長他幾歲，當然不可能生氣。

「我沒生氣啦。」

雖然我覺得有點不公平，但我展現了大人的寬容。

「那就太好了，因爲我眞的很擔心你。」

隼人露出燦爛的笑容，終於恢復了和他年紀相符的天眞無邪表情。看到他的表情，我鬆了一口氣，忍不住說了原本不想告訴他的事。

「不必擔心啦，她約我下次去的也是老地方。」

「下次……？」

我知道自己闖禍了，但已經爲時太晚。隼人皺起了眉頭。

「她只是說畫廊展示的畫又換了新的，還說到時候會給我看她作品的幻燈片，所以我們就約了時間。」

「幻燈片……」

隼人再度陷入了沉思，我正想解釋，他語氣堅定地說：

「二葉哥，我也要去。」

「啊？」

「我還是很擔心，所以想去看一下。如果真的沒事，我以後再也不多嘴了，所以你帶我去。」

既然他都這麼說了，我很難拒絕。無奈之下，我和隼人約好星期天在車站見面。

❖

星期天是一個晴朗的好天氣。我們搭電車來到目的地後，隼人沿途東張西望。

「我第一次在這裡下車，原來這麼安靜。」

「嗯，離車站比較遠的地方，又是不同的感覺。」

走去畫廊時，我心情輕鬆地仰望著天空。隼人雖然對那個女生產生了警戒，但在這麼平靜住宅區的畫廊，根本不可能有大規模的詐欺行為。

（他看到那個女生的畫，一定會感到很洩氣。）

回程的時候，我再帶他去那家拉麵店，讓他嚇一跳，但到時候要點小碗的拉麵。

「就是這裡。」

我們提前二十分鐘到了畫廊。因為隼人說要早一點出門，所以我們提前到了。

「和旁邊那家店是在同一棟房子。」

隼人輪流看著自然食品店和畫廊，回頭問我：

「二葉哥，我肚子餓了，反正時間還早，可以去隔壁那家店買點東西嗎？」

「好啊，我記得那裡有賣麵包。」

下次再去吃拉麵吧。我這麼想著，和隼人一起走進了自然食品店。以木紋為基調的店內很樸素，更加襯托出手工製作的「天然酵母麵包」和「無添加餅乾」。

「喔，看起來很好吃。」

隼人拿起糙米奶油麵包打量著店內，靠近店門口陳列著麵包和餅乾等可以馬上食用的食物，後方是乾貨和茶葉等保存食品區。雖然知道魚腥草對身體好，但泡茶來喝有點太那個了。我正在想這些事，隼人突然閃到我身旁。

「二葉哥，請你記下我等一下手指到的東西。」

雖然我不知道他有什麼目的，但還是點了點頭。

隼人立刻去後方拿了一包岩鹽出示在我面前。

「你覺得買這個給媽媽，她會不會高興？」

我對他毫無誠意的話充耳不聞，把包裝上所寫的內容以圖像的方式在記憶中存檔。三、二、一，完成了。

「還有這個，你不覺得上面的畫很可愛嗎？」

紅茶罐頭上的標籤。湯罐的設計。雖然我有一種難以言喻的不祥預感，但還是記下了這些內容。

「但今天還是只買麵包就好，你可以去收銀台那裡等我嗎？」

他的言下之意，就是要我觀察收銀台。我巧妙地在他之前走去收銀台，假裝找零錢。

「歡迎光臨。」

不大的收銀台內站了一個看起來和藹可親的中年婦人，除了她以外，沒有其他店員。

「妳好，我之前來買過一次，這裡的麵包真好吃。」

隼人露出燦爛得有點卑鄙的笑容說道，她立刻開心地笑了起來。

「是嗎？真是太感謝了。」

「我媽媽還說，如果可以郵購就好了，你們的商品可以郵購嗎？」

「嗯，目前還沒有做郵購。」

「是嗎？太可惜了。」

「眞對不起。」

中年女人一臉歉意地搖著頭，隼人一副好像發現新大陸的表情，指著窗外說：

「咦？這裡不是巷底嗎？好像有很多人來這裡。」

我一看手錶，距離約定的時間還有十分鐘，這代表有很多客人聚集嗎？

「喔，這些都是去隔壁畫廊的客人。」

「隔壁的畫那麼受歡迎嗎？」

隼人明知故問，我覺得他說謊方面的才華太可怕了。

「今天不是看畫，而是辦活動。」

「辦活動？」

「對，看幻燈片，聊一些精采的事。你年紀可能還太小。」

隼人看起來比實際年齡更小，所以中年婦人可能覺得他還不懂藝術。隼人聽完嘟起了嘴。

「我才不小呢，因爲我經常和媽媽一起看畫展，而且媽媽買畫時，我也會表達意見。」

買畫。伊藤家的字典裡從來不曾出現過這個字眼，在瀨川家是家常便飯嗎？收銀台的女人似乎也聽到了重點，露出了驚訝的表情。

「啊喲，那眞是太失禮了，你媽媽對藝術很精通嗎？」

「嗯，說不清楚。她當然很喜歡繪畫，但可能爸爸不常在家，所以她只是太閒的關係。」

我的確沒見過瀨川先生，但也沒聽說他那麼忙。所以，這句話也是說謊？但那個女人聽了之後，突然在抽屜裡翻找起來。

「那你要不要和媽媽一起去參加今天的活動？」

說完，她把簡介放進了袋子。

「謝謝，但媽媽今天去參加靈性占卜的講座了，一個小時之後才結束。」

這個奇怪的講座名字是怎麼一回事？他應該是臨時想到的，但也太離譜了。我在收銀台旁拚命忍著不笑出來，但聽到收銀台內的女人說的下一句話，我的笑意立刻收斂了。

「喔，沒關係，今天的活動會持續到很晚，什麼時候來都沒關係。等你媽媽聽完講座，你帶她一起來。」

不久之前，才有人對我說過類似的話。

「等你喲。」

❖

走出自然食品店，剛好是和那個女生約定的時間。這裡離她的畫廊才幾步路而已，只要五秒就可以走到，但隼人頭也不回地沿著來路往回走。

「隼人……」

「二葉哥，你在幹嘛？走了啊。」

「但是——」

我在自然食品店和畫廊中間停下腳步歪著頭。隼人走到我身旁，用力拉住我的手臂。

「你相信我，還是相信她？」

個子矮小的隼人露出銳利的眼仰望著我。我知道。我知道一定是他說的正確，但是，我內心仍然想要相信美好的世界，相信她畫筆下的溫暖而美好的世界。

「……二葉哥！」

我準備將視線移開，隼人再度搖晃著我的身體。

「二葉哥，你不是很膽小嗎？你不覺得有一大堆人聚集的活動很可怕嗎？難道你不覺得他們可能會把你帶去可怕的地方嗎？」

「被你這麼一說……」

好像眞的有點可怕。不，是眞的很可怕。但爲什麼我之前完全沒有想到這件事？

「走囉！」

聽到隼人的吆喝聲，我們拔腿跑了起來。在沒有人追我們、悠閒的午後住宅區內狂奔。

❖

除了小心，更要謹愼。這次我聽從了隼人的意見，搭了和來程時不同路線的電車，換了車之後，回到了住家附近的車站。當我們默默走進麵包店後方的咖啡店坐下後，兩個人都點了大杯的可可亞。不知道爲什麼，我突然很想喝甜的飲料。

我又加點了一個肉桂捲，隼人把奶油麵包放在托盤上。

「你剛才不是買了奶油麵包嗎？」

我小聲嘀咕道，隼人看著前方，很不屑地說：

「怎麼可能吃那種東西？」

「啊？」

我聽不懂他這句話的意思，微微偏著頭。隼人露出難過的眼神看著我。

「你還不知道那家店是怎麼一回事嗎？」

「啊？是不是詐欺？雖然我搞不懂其中的機制。」

「不是詐欺。」

「既然不是，我們爲什麼要逃走。」

我從隼人的提示中，知道畫廊和自然食品店之間有合作關係，但如果不是詐欺，那個女生到底對我打什麼主意？

「因爲是宗教啊。」

「宗教？」

隼人的回答太出乎我的意料，我忍不住驚叫起來。隼人用力點頭，把裝了麵包的袋子放在桌子上。

「要不要核對證據的答案？」

他用惹人討厭的態度把袋子裡的簡介拿了出來，指著聯絡方式的位置。我發現和我剛才在店內記住的資訊相同。

「是不是一樣？」

「……嗯。」

隼人叫我看商品標籤時，我就有了不祥的預感，但今天活動的聯絡電話和賣紅茶和湯料的廠商電話相同，是不可爭辯的事實。

「雖然不知道那算不算是宗教，總之，就是利用人性弱點的團體，那才是那家店和畫廊的眞實身分。這種團體製作的麵包，誰知道裡面加了什麼東西，所以我不可能吃。」

隼人說完，大口吃起剛才買的麵包。

雖然我只是偶然走進那家畫廊，也沒有強迫我買什麼東西。也就是說，那個女生並不是隨便邀請路過的人進去參觀

「正因爲這樣，反而更麻煩。」

「反而麻煩？這是怎麼回事？」

「只要對方不糾纏，就可以博取像你這種人的信任，覺得可能不是推銷。而且，既然對方會挑對象下手，代表能夠降低揮棒落空的機率，同時避免了會破壞他們團體的危險人物，有助於維持團體的穩定。」

隼人告訴我說，正因爲是成員相對穩定的團體，在經濟上很穩定，所以也不必急著開拓新的信衆，情況和那些激進宗教團體完全相反。

「我猜想他們的教義應該不是很嚴格，恰如其分，搞不好會自稱是療癒系，或是靈性團體之類的。」

「所以你剛才說，你媽媽去聽靈性占卜的講座嗎？」

「對，那是我設的圈套。塑造一個經濟寬裕，平時就有能力買畫作，而且時間很充裕的家庭主婦。只要把可以成爲肥羊的餌放在對方面前，就可以看出對方是怎樣的人。」

結果對方果然上鉤了。我對自己看人太沒眼光感到垂頭喪氣。

「……你一開始就說對了，我給你添了麻煩。」

「沒關係，因爲對方就是靠取信於人在做生意，但要他們相信別人，卻是很不容易的事。」

隼人舔著可可亞上的鮮奶油小聲地說。

「你怎麼會發現有問題？」

我第一次走進畫廊純屬偶然。第二次只是去看畫，然後閒聊幾句而已。雖然第三次終於知道有問題，但隼人是什麼時候發現的？

「最初感到有問題的是她問你電子信箱和暱稱的時候。」

「啊？但用那個電子信箱根本查不到我的眞實身分啊。」

而且那是隼人叫我設置的防波堤。

「如果只是正常的個展，不會那麼想要客人留下個人資料，因爲通常認爲像你這樣的大學生不可能買畫。」

我來到這裡之後，才第一次踏進畫廊這種地方，所以不瞭解怎樣算是「正常」，我忍不住對似乎很熟悉繪畫世界的隼人抱怨，他一臉無趣地說：

「我同學的爸爸、媽媽經常舉辦展覽會或發表會，所以我經常跟著我媽一起去。」

「是喔……」

我同學的父母只會在廟會上表演民謠或舞蹈。

「通常都超無聊，所以我很討厭去那種地方，但對這次的事可能小有幫助。」隼人輕輕笑著，喝著可可亞。

「如果畫作上沒有標價，代表是業餘畫家的興趣而已，而且通常背後都有人贊助。」

「所以那個團體是贊助人嗎？」

難怪她完全不必在意租金，持續展示她的作品。

「我猜想那個畫廊發揮了直銷店的作用。當有陌生人走進那家店時，可以挑選對象，勸說客人加入他們的團體；也可以對那個團體內部的人宣傳，他們把金錢用在這種文化事業上。」

「所以，我是被挑中的對象嗎？」

果眞如此的話，眞讓人感到高興。

「嗯，因爲你看起來傻傻的，所以判斷算是差強人意的對象吧。」

「差強人意喔。」

沒想到竟然和我對那個女生的畫作評價完全一樣，這也太詭異了。

「我猜想那個團體爲了未來著想，也會把大學生列爲吸收的目標。即使現在沒錢，以後會賺錢給他們。」

「我記得在新生訓練時好像有提醒我們，有些僞裝成社團的勸誘，目的是鎖定我們的將來。」

當我聽說咖哩研究會和瑜伽社其實是宗教團體的幌子之後，立刻嚴重打擊了我參加社團的意願。

「但爲什麼對方只是問我電子信箱，你就知道是勸誘？」

隼人聽到我這麼問，豎起兩根手指。

「在你告訴我的事情中，還有其他兩個提示協助我解開了謎團。首先是閒聊。」

「閒聊？你是說我第二次去的時候嗎？」

「對，你不是說，她也是一個人住嗎？」

「但是，我在那天聊天時，並沒有透露任何個人資訊啊。」

隼人搖了搖頭。

「因爲你對個人資訊的定義不同，她想知道的是你從外地來東京讀大學，有時候會感到孤獨。」

「孤獨……？」

我的確和她聊到一個人住很孤單。

「這些宗教團體就是利用別人的寂寞和悲傷。到時候一定會對你說，即使是孤單的夜晚，只要來這裡，就會有很多朋友，我們可以接納你。」

交不到朋友的學生；因為丈夫不在家而感到孤獨的家庭主婦。任何人都有感到孤獨的時候。

「原來是這樣，那第二個呢？」

隼人拿出手機，指著手機螢幕。上面是用時鐘顯示的時間。

「第二個是時間。」

「時間？你是說今天的約定嗎？」

「對，因為去參觀畫廊還要指定時間太奇怪了，即使是播放幻燈片，也不需要太長的時間，一天應該可以放好幾次。」

照理說，應該用「可以參加幾點那一場」的方式邀約，但她特地指定了時間。

「如果經濟狀況不佳，無法播放多次，就不可能長時間在那裡舉辦個展。」

她之所以指定時間，是為了讓我確實赴約。經過閒聊之後，她判斷我是勸誘的理想對象，準備在這次對我下手。但隼人用話術套話，自然食品店的中年婦人脫口說出了「什麼時候來都沒關係」。

也就是說，畫廊的女生在說謊。

「我猜想畫廊的女人應該能言善道，她只和你見了兩次，就讓你差一點相信她，而不願意相信我。」

「不不不，沒這回事，只是她看起來不像是會做這種事的人。」

在說話的同時，我感到內心深處隱隱作痛。沒關係，只是小事一樁。她只是笑容有點可愛，看起來對我很友善而已。

但是，如果我沒有朋友，也沒有參加大學的社團活動，甚至沒有打工的話，情況可能就不同了。

（如果在那種情況下，我可能被賣了還眉開眼笑地幫人數鈔票。）

希望有一個地方，有人能夠笑臉迎接自己，即使那裡充滿謊言也無妨。在突然變涼的秋日天空下，應該有不少人會有這種想法。

❖

我注視著杯底像泥土般的可可亞，隼人猛然站了起來。

「好，我們吃完了，走吧。」

「是啊。」

離開麵包店，走在車站大樓內，隼人拿出了手機。

「她之後可能還會繼續傳電子郵件給你，所以那個電子信箱作廢好了。我會刪除，你也告訴你的朋友，別再傳郵件去那個信箱。」

「嗯，我知道了。」

只有山田和推研的人知道那個電子信箱，所以很簡單。我用手機的電子信箱傳了一封群組信時，隼人走向牆邊。

「啊，找到了、找到了。」

隼人毫不猶豫地把裝了麵包的袋子丟進了分類垃圾桶。因爲自然食品店的中年婦人最後把聚會的簡介放了進去，所以的確該丟掉，但我無法容忍丟棄剛買的食物這種行爲。

「如果你不吃，可以拿去餵鴿子啊。」

隼人聽了，斬釘截鐵地說：

「不行，我不想讓鴿子吃這種東西。」

他突然用強烈的語氣說話，我無言以對。不光是我，隼人似乎對這次的事也特別神經質。

「我跟你說，」隼人用力深呼吸後說了起來，「我班上同學的媽媽曾經沉迷新興宗教。」

「啊？」

「而且是很可怕的團體。我的同學完全沒有興趣，也被迫參加宗教的奉獻活動，整天向學校請假。那個同學原本還很不甘願，但暑假結束後，卻完全沉迷那個團體。」

「怎麼會……」

「當我們發現時，已經爲時太晚了。即使再怎麼要求他相信我們，他也已經聽不進去了。二葉哥，你知道那有多麼可怕嗎？」

同學仍然是前一天那張熟悉的臉，內心卻突然變成了陌生人。正因爲隼人曾經有過這樣的經驗，所以才會拚命把我拉回來。

「……謝謝你。」

「別這麼見外啦，我只是做了應該做的事。」

隼人突然把頭轉了過去，似乎想要掩飾變紅的臉頰。我在心裡對著遠方垃圾堆默默道別。

（再見。）

那個女生的畫既談不上好，也說不出哪裡不好，只是色彩淡雅、筆觸溫柔的水彩畫。當我在自然食品店的商品包裝上也看到那些水彩畫時，我就隱約察覺到他們之間的關係。

「因爲這種畫很常見。」我努力說服自己，但隼人要我記住附有繪圖的商品包裝，標籤和紙袋角落印著「杏奈」的名字，代表畫廊的女生是那個團體專屬的畫家。

「對了，二葉哥，」走出車站時，隼人突然轉過身，「剛才忘了拿給你，這是這次的功課，是負責美術專欄的報社記者和貓之間的故事。我覺得秋天很適合藝術的主題。」

他交給我的那本文庫本的日文版書名是《會逆向閱讀的貓（The Cat Who Could Read Backwards）》，封面很好看，但仔細一看，書脊上寫了一個「2」。

「這是第二集嗎？」

我問隼人，他在臉前豎起了食指。

「你錯了，書脊上的2是在日本出版的順序，但其實這是第一集，只要看出版日期就一目瞭然了。」

「所以第二集是3嗎？」

「不是，第二集卻是1，很容易混淆。翻譯書有時候會有這種情況，眞希望出版社能夠改善一下，這樣對讀者太不友善了。」

隼人開始數落對翻譯推理小說的不滿。他認爲應該修正一些現代人無法瞭解、已經過時的措詞，也不應該因爲銷路不佳就很快絕版。

「總之，這個系列雖然有殺人，但讀後感並不差，每個故事都很不錯，所以很推薦。」

隼人的身影像靈活的貓，我追著他的身影緩緩走著。秋日的傍晚。原本應該是令人惆悵的時刻，我的心情竟然如此平靜。

但是，他帶著像偶像般清新的笑容說這種話讓人有點傷腦筋。

「邪教只要出現在犯罪推理小說中就足夠了，雖然你可能有點不耐煩，但下次要不要背一下洗腦的書？」

我不是說了嗎？那種書太可怕了。

❖

翌日，我跟著山田一起去了那家咖哩店。山田挑戰了加了所有配菜的豪華咖哩，我很節制地點了只有炸豬排和炸蝦的咖哩。

「嗚呃，不管怎麼吃，都不覺得減少啊。」

山田興奮地慘叫著，坐在他身旁的我暗自困惑。

（這裡的白飯也太多了……）

先不談咖哩上的配菜，這家店的咖哩基本上全都是大碗的份量，而且站在吧檯內的光頭老闆目光銳利地看著我們，好像只要我們剩下一粒飯，他就會殺了我們。

（吃不完就走不出這家店！）

我拚命用湯匙把咖哩往嘴裡塞，還吃完了山田剩下的炸燒賣和炸香腸，我們才終於走出了咖哩店。

「伊藤，眞不好意思啊。」

山田滿臉歉意地看著我的臉。

「沒事啦。」

我摸著自己的胃，對這個當初剛進大學，第一個主動向我打招呼的同學露出了笑容。

伊藤二葉，十八歲。內心有滿滿的感動，但不光是因爲吃太多咖哩的關係。

第五章 看不見的贓物

手心上有一個溫暖的東西。牠一動也不動，似乎有點警戒，隨即在我手上蠕動起來。

「牠在聞味道。」

爲了怕牠受到驚嚇，我小聲地說話，隼人也小聲地回答：

「因爲以前沒有接觸過你的手，牠可能很緊張。」

烏溜溜的大眼睛、柔軟的毛皮。短小的手腳忙碌移動的倉鼠，簡直就像是活動的布偶。看了攤在書桌上的飼養圖鑑，手上的黃金鼠好像是屬於加卡利亞倉鼠。

「好可愛，牠叫什麼名字。」

「哈蒙，是我朋友家的倉鼠生的。」

「哈蒙。」

聽到很不熟悉的發音，我忍不住偏著頭，隼人皺著眉頭說：

「容我提醒你，和哈蒙．塞拉諾（Jamón Serrano）無關喔。」

塞拉諾是倉鼠的種類名之類的嗎？我以前也沒聽過加卡利亞這個名字，所以完全狀況外。

「我媽媽一聽到牠的名字，就馬上說，牠的名字聽起來眞好吃。眞是太不上道了。」

「好吃……所以是食物的名字？」

「對，是火腿的名字，很鹹的西班牙生火腿。我可沒那麼俗氣，會用火腿的名字幫倉鼠取名。」雖然隼人氣鼓鼓地抱怨著，但我從來沒吃過生火腿，根本不知道是甜味還是鹹味。

「既然不是火腿的名字，到底是什麼意思？」

我調整心情後問道，隼人得意地向我說明起來。

「哈蒙的漢字就是『刃紋』。日本刀的刀刃上不是都有彎彎曲曲的圖案嗎？牠的側腹也有相似的圖案。」

聽他這麼一說，我發現倉鼠的兩側的確有波形的圖案，但竟然爲身長不到十公分的倉鼠取『刃紋』這種名字。

（你會不會壓力太大了？）

我用手指撫摸著哈蒙的背，在心裡這麼問牠。下一刹那，牠竟然突然咬向我的手指。

「好痛！」

伊藤二葉，十八歲。新年剛過，就被倉鼠嚇到的膽小鬼。

❖

雖然被咬了一口，但倉鼠還是超可愛，所以我拍下了牠的照片。在推研的活動室打開手機，出示牠的照片時，山田笑著大叫著：「超級小，只有掌心大小，根本是毛球、毛球啊。」

「但牠還是會動，你不覺得很猛嗎？」

「……對啊，難以相信這麼小的身體內，有和我們相同的內臟和腦漿之類的東西。」

山田說完，突然露出嚴肅的表情，「慘了，我想起一件事。」

「嗯？怎麼了？」

「我想起以前曾經解剖過，雖然解剖的是青蛙。」

「不要往那個方向聯想！」

這傢伙竟然讓當時只是解剖蛤蜊，就差一點昏倒的我想起這種事。

「雖然我沒有解剖過哺乳類，但當時真的太震撼了，讓我知道吃進去後拉出來的動物，體內真的就是一條管子。」

別再說了。馬上給我閉嘴。

「用電流刺激肌肉的實驗也超震撼。」

「別、再、說、了！」

「喂，你們在吵什麼啊？」

我們在說話時，幾個剛好上完課的學長、學姊陸續走進了活動室。

「喔，辛苦了。」

「學長好。」

我向學長打著招呼，其中一名學姊探頭看我的手機。

「哇，超可愛的！」

學姊一看到哈蒙，用比平時高兩個八度的聲音尖叫起來。

「啊？什麼什麼？」

「倉鼠！超可愛的倉鼠！」

其他學姊聽到之後，也紛紛圍了上來。

「啊，身上還有黑色的線！」

「好小喔！眼睛超黑！」

「身上的毛看起來好溫暖！」

呃，仔細聽學姊的評論，好像都只是就事論事。但我當然不能吐學姊的槽，所以很有耐心地舉著手機給她們看。

當學姊們的熱情逐漸散去時，一名學長看著螢幕說：

「原來是加卡利亞倉鼠。」

「學長知道得眞清楚。」

「對啊，因爲我喜歡動物。」

當我對學長感到欽佩時，他拿出自己的手機，給我看了照片，照片中的動物搞不清楚到底是壁虎還是蜥蜴。

「蜥蜴……的話，好像沒這麼軟。」

在一旁探頭張望的山田發表了感想。

「這是豹紋守宮，很乖巧可愛。」

「是喔。」

牠身上的確有豹紋圖案，完全無愧於牠的名字。

「很好養，我很推薦。爬蟲類不會大聲叫，也不會跑來跑去，更不佔地方，所以很適合住在公寓的人飼養。」

仔細一看，牠的眼睛也又圓又大，胖乎乎的身體很討人喜愛。

（嗯，眞的可愛。）

只可惜學姊再度擠了過來，卻很不以爲然。學長苦笑著收起手機說：

「無法受到萬人喜愛，總覺得抬不起頭啊。」

「沒這回事，我覺得很帥啊。」

沒想到山田也很喜歡。我看著他們聊天，突然想到一件事，問學長說：

「學長，這附近有寵物店嗎？」

「嗯？也不是沒有啊，你想要買什麼？」

「寵物電暖器，爲倉鼠的籠子保暖。」

我在隼人家裡看了圖鑑後知道，倉鼠這種鼠類原本住在沙漠地帶，所以喜歡溫暖、乾燥的環境。對牠們來說，日本的冬天太寒冷，一旦氣溫低於十度，牠們就會冬眠。

原本這是牠們的自然行爲，但是人類飼養的環境會導致牠們致命。因爲當溫度不穩定，牠們無法充分做好冬眠的準備，所以會有死亡的危險。

「書上說，最好能夠維持超過十五度。」

雖然可以讓牠們生活在室內溫暖的地方，但隼人不在家時，他的房間不夠溫暖，但也不能把夜行性的倉鼠放在明亮的客廳。

「雖然可以爲牠準備電毯或是電暖墊，但買小動物專用的電暖器似乎最方便，我想想哪家店有賣這種東西。」

學長想了一下說：

「這附近的話，恐怕只能去百貨公司的頂樓商場。」

「百貨公司？」

「對，百貨公司頂樓以前不是就有寵物賣場嗎？去那裡找最快。」

我記得小時候曾經在百貨公司頂樓看過兔子和金魚，但最近養寵物盛行，我以爲到處都有更專業、更漂亮的寵物店。學長聽了，難過地搖著頭說：

「沒有沒有，寵物店最近反而減少了。」

「啊？但現在不是很流行養狗嗎？」

山田也露出納悶的表情。

「是啊，所以有不少『狗店』，但並沒有針對其他寵物的綜合性商店，最多只有『犬貓商店』而已，超討厭現在這種『唯狗獨尊』的風潮。」

山田點頭同意學長的話。

「原來如此，有很多狗的衣服，還有可以帶狗進入的咖啡店。仔細想一想，眞的對狗特別友善。」

「就是這麼一回事。如果去郊區，可以看到綜合型的大規模寵物店，但東京都的租金太貴，可能不划算，所以就進一步細分，水族館也細分成淡水和海水，還有爬蟲類專門店，甚至還有蛇專門店和烏龜專門店。」

「那倉鼠和小鳥呢？」

「問題就在這裡，賣那些傳統小動物的商店減少了，所以很難買到小孩子也能夠飼養的動物。雖然上網很方便，但畢竟是動物，上網購買畢竟有點不安。在這種大環境下，目前只剩下百貨公司的頂樓商場。」

學長再度強調。

「吸引不同需求的客人一網打盡。百貨公司的這種經營方針發揮了正面作用，所以那裡至今仍然有小動物區，即使以定價販售，但品質很好，所以買了也安心。如果在那裡找不到，可以去郊區型的店。」

學長說完，在便條紙上寫了幾家店的名字後交給我。

在我小時候，城鎮上有一家名叫小鳥屋的寵物店，旁邊就是一家玩具店。那是我們小孩子嚮往的地方，放學後，都會特地繞去店門口。每到夏天，我妹妹就會去那裡買金魚或小烏龜，班上的同學會用存下來的壓歲錢，去那裡買塑膠模型。雖然小鳥屋總是瀰漫著鳥屎和潮溼水草的味道，有些女生不喜歡，但我很喜歡。對了對了，我也是在那家店買了第一個飼養昆蟲的盒子。

但是，如今這兩家店都消失了。小孩子都在購物中心舉辦昆蟲博覽會時才能買獨角仙，坐車去大型連鎖玩具店。每次想到這些事，我就會覺得很難過。

❖

那天下午，我帶著學長給我的那張紙去隼人家，隼人一臉興奮地迎接我。

「二葉哥！你趕快來我房間！」

他拉著我的手，走進了他的房間，像往常一樣，坐在書桌旁的椅子上，他立刻打開了電腦畫面。

「你看這個。」

「嗯？寵物布告欄？」

我脫下上衣，探頭看著螢幕，發現上面似乎是買賣寵物用品的談話。

「我上網想找有沒有人出售哈蒙可以用的電暖器，結果發現了這個。」

原來還可以在網路上找『寵物用品出售區』，蒐集相關消息。

「所以，你找到理想的電暖器了？」

聽到我的問題，隼人用力搖著頭。

「不是，你看一下這裡。」

我看向他手指的位置，發現那裡寫著很普通的聯絡內容。有人『想找有血統證明的吉娃娃』，另一個人回應『預定〇月〇日進貨』。

「進貨？所以回答的人是店家嗎？」

「我也不太清楚，但好像有金錢交易，所以下面寫了價錢。」

「我看看……啊？二十五萬？」

即使剛出生的小狗很可愛，金額也未免太高了。我不由得感到驚訝，同時捲動畫面繼續往下看，發現下面出現了各種不同種類的狗。約克夏、法國鬥牛犬、玩具貴賓犬、蝴蝶犬，每一隻的價格都超過十萬圓。

「這個網站的版主似乎直接向繁育者進貨，販賣小狗。」

「……原來世界上有人這麼有錢。」

「這裡賣得很貴，而且既沒有店的地址，也沒有電話，簡直太可疑了，但我更在意的是這裡。」

隼人說完，指著剛才吉娃娃內容旁那一行『狗以外的寵物請點這裡』文字。點選那行文字後，進入了不同的畫面。

「呃，咦？這到底在賣什麼？」

我看著網站上的文字，忍不住偏著頭納悶。雖然和剛才一樣，布告欄上都寫著『想找』、『預定進貨』，但不同的是，上面並沒有寫出具體商品。

「搞不懂，但在對話的人似乎知道。」

「但只有價格不是很奇怪嗎？」

比方說，最上面的內容是『想找．五千圓　數量一』。當有人塡寫想找的商品後，老闆就會去張羅。這家網路商店應該是用這種方式經營。

「也許這只是預約而已，詳情會用訊息和老闆進一步詳談。」

我隨口說出想到的可能性，隼人繼續指向螢幕的下方問：

「那你覺得這是什麼？」

那裡除了『想找．兩萬圓　數量一』的預約以外，還有類似私訊的內容。

『想知道商品的品質，請問產地是？』

聊天的語氣似乎很熟絡，難道是老主顧？版主的回覆說：

『預定〇月〇日進貨，預定在〇崎寵物服務中心收成（笑）。』

「……收成？」

對於產地問題的回答，讓我覺得有點奇怪。

（簡直就像是在討論蔬菜。）

而且，對方問的是產地，回答的內容並不是某個國家，而且最後的（笑）都讓人覺得奇怪。

「那家叫〇崎寵物服務中心的店，會不會是很值得信賴的品牌？」

隼人聽了我的問題，再度搖了搖頭。

「我在網路上搜尋過，那只是一家普通的寵物店，也沒有關於那家店的討論內容。」

既然這樣，就更難以瞭解爲什麼要提到那家寵物店的名字，但是，繼續往下看，每隔幾則訊息，就會出現一則產地和收成的談話內容。

「產地好像很分散，所以應該也不是合作的店家。」

雖然店名都會隱去一個字，但從剩下的漢字中，可以猜想應該是以東京爲中心的寵物店。

「這個網站的版主每次收到預約訂單，就去不同的店家收成商品，你不覺得這樣有點奇怪嗎？」

很奇怪。不，應該說很可疑。一股不祥的預感貫穿了我的背脊。

「……該不會、是犯罪？」

隼人深表同意地點了點頭。

（他該不會？不，他一定會！）

「既然發現了犯罪行爲，視而不見的話，心裡會很不舒服，但在這件事上，我們有絕對的有利條件。」

這件事什麼時候變成了「我們」需要處理的事件？我很希望平安無事，繼續過和犯罪無緣的人生。我垂頭喪氣，隼人不理會我，指著最新的留言說：「你看這裡。」版主回覆的預定進貨日是後天星期天，而且還詳細指定了時間『那裡通常都是下午收成』。

「應該是這家店。」

隼人打開另一個視窗，出現了一家和網站上隱去一個字後，名字幾乎完全相同的寵物店。

「現在知道了時間和地點，雖然還不知道商品，但已經知道一萬五千圓的價格，我覺得應該可以查到。」

「……要去嗎？」

我膽戰心驚地問，隼人露齒而笑。

「當然啊，這根本是在預告偷竊啊。」

難道不能報警嗎？

「在現實生活中，很少有機會能夠遇到預告犯罪這種事，你不覺得是千載難逢的大好機會嗎？」

我不覺得。根本沒這回事。也完全不想遇到。

「所以，後天在車站集合。我想應該可以順便幫哈蒙買電暖器。」

隼人半強迫地和我約定了星期天見面的時間和地點，哈蒙在籠子裡納悶地看著我。

❖

諷刺的是，我們去的那家店，剛好是學長寫給我的郊區寵物店中的一家。我們搭了四十分鐘電車，然後又在車站前搭了十分鐘公車。這裡是以前的衛星城市，周圍是一片住宅區。

「地點還眞有點不方便。」

從公車站走了幾分鐘後來到那家店，兩層樓的房子相當大。

「這附近的人應該都開車。」

隼人看著比店面更大的停車場說道。

「開車雖然很方便，但我不喜歡必須依賴車子的生活，到處都是像鐵皮屋一樣的店家，覺得很沒有趣味。」

「聽起來不像是年輕人說的話。」

我苦笑著回答，隼人嘟著嘴說：

「很多國外的推理小說，事件都是在田園以外的鄉村發生。因爲那裡的地方都很大，人煙稀少，所以就會出現肆意擄人、肆意監禁的情節，有點偏向驚悚推理。我覺得還是在大城市或是有歷史的城市發生的事件看起來最有趣。」

我第一次遇見有人用這種觀點批判生活必須仰賴車子的社會。

（但盡情擄人、盡情監禁也太可怕了！）

我垂頭喪氣地準備走進店裡，隼人立刻小聲地對我說：

「等一下就別提任何關於事件的話，以防萬一。」

「嗯。」

時間是下午一點。走進自動門，立刻聽到小狗尖聲狂吠。

「哇，好可愛！」

隼人發揮出中學生特有的天真，直奔寵物狗區。我記住了店內的示意圖後，才跟著他走過去。

「你看你看，才這麼小！」

他抱起一隻胖得圓滾滾的柴犬，露出滿面笑容，完全是正統派偶像照片上的笑容，一旁的女店員也紅著臉說：

「對啊，很可愛。」

被隼人抱在懷裡的小狗輕輕伸出舌頭，舔著隼人的手。牠豎起的耳朵和烏黑的眼珠子很可愛。

「雖然很想要，但好像不太可能。」

「不會啊。」

我笑著回答，隼人小聲地說：

「我不是這個意思。」

「啊？」

「我是說價格。有沒有一萬五千圓的小狗？」

「喔，喔喔。」

我慌忙看著籠子，沒想到小狗的價格比我想像中更高，至少五萬圓起跳。雖然我想可能都是熱門犬種有關，但還是覺得很奇怪。

「對不起，我發現你的壓歲錢根本買不起。」

我故意用訓誡的口吻說。

「嗯，太可惜了，那我們來看看其他動物。」

隼人把小狗輕輕放回籠子，走向旁邊的小動物區。在那裡也說了和剛才相似的話，然後又去看了小鳥，接著又看了熱帶魚和爬蟲類，甚至還把舞台延伸到昆蟲區。我每次都確認價格，記住了價格相近的商品。隼人和動物玩耍著，觀察周圍是否有可疑人物。

「……要不要休息一下？」

逛了差不多一個小時後，我們對各自扮演的角色感到疲憊，在那家店二樓的休息區坐了下來。坐在樓梯旁的長椅上，可以看到整個二樓的賣場。

「這裡看不到一樓。」

「嗯，但我不太想逛一樓。」

「爲什麼？」

「因爲一樓主要都是熱門的狗和貓。」

隼人可能在提防看不見的壞人，所以故意用隱晦的方式說話。我想他應該要說，一樓人很多，所以不適合偷竊。

「相較之下，二樓都是以放在水族箱裡的熱帶魚或是爬蟲類和昆蟲爲主，不是很安靜嗎？感覺是大人的世界。」

「男生應該很喜歡昆蟲區。」

「但不會像倉鼠和兔子區那麼吵，店員也比較輕鬆，所以有事想要問店員時，反而找不到店員，感覺很不方便。」

二樓都是趣味性比較強的商品，所以來二樓的客人人數比較少，店員的人數也很少。我巡視整個賣場，發現了一件事。

「啊，我想到一件事，太吵的動物不行。我們住的是公寓，不適合飼養會又吵又叫的動物。」

竊賊似乎認識繁育者，所以不太可能是貓或狗。想到這裡，我回想起學長的話。我很推薦爬蟲類，不會大聲叫，也不會跑來跑去，所以很適合在公寓飼養。

「對，應該是爬蟲類或昆蟲。」

咕嚕咕嚕喝著果汁的隼人看著前方。

「因爲同樣不會叫，魚似乎不太方便，因爲有水的問題。」

再怎麼大膽，也不可能直接去水裡撈。我在這點上也有同感。

「所以就以這個爲中心來考慮。」

我們假裝在討論購買寵物，在店裡一直坐到傍晚。價格相近的只有陸龜、變色龍、蛇，以及某種獨角仙的幻蟲，但我們並沒有看到明顯的偷竊行爲，店家也沒有發現。

我們買了小動物用的電暖器，完成了此行原本的目的後，並肩坐在公車座位上。

「可能不是偷竊計畫？」

我小聲嘀咕，隼人偏著頭。

「但如果是正常的交易，根本不需要隱去店名中的某一個字啊，那是爲了避免在網路上被搜尋到而經常使用的手法。」

「是啊。」

無論如何，那個版主應該在做虧心事。但既然竊賊沒有現身，就不能排除是愉快犯的可能性。

（犯罪這種事，能夠不遇到最好。）

至少今天躲過了一劫。我帶著輕鬆的心情和隼人道別，在回家的路上，祈禱哈蒙可以展開舒適的生活。

❖

但是，事件和隼人卻不放過我。我剛回到家喘了一口氣，手機就發出了收到訊息的聲音。

『那傢伙上傳了今天的收穫！』

我在電腦上輸入訊息中所附的網址，發現上面的確寫了『進貨』這兩個字。所以我們沒有發現他偷竊嗎？

（還是時間剛好錯開了？）

如果竊賊臨時改到上午，我們當然不可能看到。在今天看到的動物中，我認為最容易偷的就是幾隻同時販售的獨角仙幼蟲。由於裝在買熟食時常用的透明盒子裡，攜帶也很方便。只不過透明盒子放在收銀台旁，如果不是算準時機，恐怕很難偷到。

（一定有某種障眼法。）

我立刻想起之前在書店偷書的女高中生。如果像她們一樣，把偷來的書放進打開的皮包，應該誰都可以做到，只不過如果偷的是動物，情況又不太一樣了。

『我會繼續追蹤，二葉哥，你也注意一下。』

我看著隼人的訊息忍不住嘆氣，喝著才剛泡，就已經冷掉的即溶咖啡。

下一次預定偷竊的日子又是星期天，而且也是遠離都心的大型寵物店。看到許多攜家帶眷的客人，我忍不住想，寵物店只有在假日才比較熱鬧。

「好可愛！太可愛了，我好想帶回家！」

隼人對著讓他試抱吉娃娃的年輕女店員露出了笑容，女店員也立刻笑臉相迎。隼人的破壞力太驚人了。不，應該說他具備了療癒的力量。

「真的可愛到很不真實，牠好像也很想跟我回家。」

「是嗎？但可能真的有人會忍不住偷偷帶回家，因為用零用錢根本買不起啊。」

「嗯，偶爾的確會有這種人，很傷腦筋，但幾乎都會發現。因為我們店裡的貓和狗都放在籠子裡，只要籠子空了，就會馬上發現。而且在廣場時，有兩個店員看著。」綁著馬尾的女店員指著圍起來的小廣場說。

「是喔，但如果是可以藏在口袋裡的小動物呢？」

隼人故意看向昆蟲區，偏著頭問道。他假裝是天眞無邪的小孩子，不經意地向店員展開調查。他在這方面的能力令人嘆爲觀止。

「小動物也一樣，只要發現小動物不見就知道了。啊，但是……」

她似乎想到了什麼，看向不同的方向。

「爬蟲類可能算是例外。」

「啊？爲什麼？」

「我負責貓狗，所以不太清楚，但曾經聽負責的人說過。有些爬蟲類喜歡躲起來，並不知道到底還在不在。」

「是喔……」

爬蟲類藏進皮包裡也不會發出叫聲，在籠子裡又經常躲起來，即使被偷，也不會立刻被發現，很適合偷竊。而且有些爬蟲類是稀有品種，價格也很符合。

（我們之前的著眼點果然不太正確。）

我們確信這一點後，在這家店也逛了很久，但仍然沒有在爬蟲類區見到可疑人物，監視行動再度撲了空。

「太奇怪了。」

翌日，在我們常去的家庭餐廳，隼人皺著眉頭。

「照理說，不可能兩次都沒看到。」

「但真的沒有可疑人物啊。」

「但那句『想要的商品順利進貨』是什麼意思？」

我一邊吃披薩，一邊偏著頭。

「竊賊會不會是店員？」

「果真是這樣的話，根本不需要一直換店啊。」

隼人拿著辣椒醬的瓶子，很不甘心地說。

「其中必定有什麼看不見的原因……」

其實我並不覺得太奇怪，因爲隼人雖然很聰明，但畢竟只是中學生，不可能每次都料事如神，難道不是嗎？

「不必想太多，我們賺到了兩個愉快的週末，你昨天抱了吉娃娃，不是也很開心嗎？」

我想安慰他，沒想到他突然用力把辣椒醬灑在我們正在吃的披薩上。

「一點都不開心，反而覺得很不舒服。」

「啊？」

「我只是爲了方便打聽事情，故意假裝很開心。我告訴你，我最討厭吉娃娃或是蘭壽金魚那種東西，也無法忍受那種只有脊椎有顏色的透明魚。」

他當時笑得那麼燦爛，簡直就是詐欺。我啞口無言，隼人繼續嚴肅批評。

「品種改良過度的生物一看就很不自然，所以我很討厭。我上次看了寵物的書，聽說吉娃娃只能剖腹生產，狗被視爲安產的吉祥物，你不覺得很諷刺嗎？」

隼人拿起被辣椒醬染得鮮紅的披薩，咬牙切齒地說。

「如果針對食物進行品種改良，我還能夠接受，但爲了外觀而扭曲動物的想法，我覺得很噁心。」

「嗯。」

我輕輕點了點頭，我很瞭解他表達的意思。不是生活在寒冷地區，身上的毛卻很長；很容易捕食的鮮豔體色；縮短壽命的嬌小骨骼。人類讓動物擁有牠們本身並不需要的特徵，這種情況的確很奇怪。

「正因爲如此，反而讓那些買賣的人意志更堅定，更想要擁有。」

被扭曲的生命，和買賣這些生命的人，以及用卑劣的手法參與其中的壞蛋。原來這就是隼人情緒激動的原因。

「是啊，但是……」

我在思考的同時，小心謹慎地挑選措詞。雖然我能夠理解他的想法，但我的想法和他不一樣。

「但不能混爲一談。」

「什麼意思?」

「我說不清楚，既然生下來，也就沒辦法了，但既然已經生下來，就只能活下去，不是嗎?」

是人類犯了錯，動物是無辜的。關於生命的問答總是好像在質問我對生命的態度，讓我感到緊張。

(我表達了不同的意見，不知道他會不會不高興。)

沒想到隼人注視著我說：

「很有老師的樣子嘛。」

「啊?」

「嗯，我第一次覺得你很像老師。」

他一臉嚴肅地吃著披薩，點了點頭。

「爲什麼會有這種想法呢?」

「嗯，爲什麼呢?可能是讓我有受教的感覺吧。」

「哈哈，眞的嗎?」

雖然有點害羞，但還是很高興。

隼人很聰明，和他在一起時，有時候覺得自己根本是多餘的，所以每次都會覺得自己詐領了打工費。

「……謝謝。」

我帶著煥然一新的心情，大口咬著披薩，下一剎那，就覺得有東西在嘴裡爆炸了。

「……！」

（他爲什麼可以若無其事！而且也沒有喝水！）

隼人斜眼看著手忙腳亂的我，噗哧一聲笑了起來。

❖

第三次預告犯案的地點終於出現在東京都內，而且在百貨公司的頂樓。竊賊說，那裡是『可信度很高的地盤』，而且『表演前後是可乘之機』。

竊賊說的表演，應該是指百貨公司爲了幼童舉行的英雄劇。調查之後發現，下午有兩場表演，所以我們就配合表演時間來這裡。

「沒想到這麼小。」

在見識過郊區寵物店寬敞的感覺後，感覺百貨公司頂樓的寵物區比實際更小。

「但也許反而比較適合守株待兔，而且還有長椅和輕食攤位。」

「啊，那裡是絕佳位置。」

電梯旁的椅子剛好可以看到整家店內的情況。

「這裡的商品並不算太多，也沒有很佔空間的貓狗，有很多小鳥和小動物，還有不少熱帶魚和爬蟲類。」

我斜眼瞄著變色龍的玻璃籠，檢查著所有商品的價格。不一會兒，我發現了一件事。

「隼人。」

「幹嘛？」

「預算是三萬圓吧？」

「是啊，怎麼了？」

我記得布告欄上的內容是『三萬圓，在可信度很高的地盤收成的東西』。但是……

「這裡沒有接近這個預算的商品。」

除了超過十萬圓的貓狗以外，這家店賣的都是平價的商品，除此以外，找遍整家店，最高金額的商品就是一萬兩千圓的巨骨舌魚。

「一萬兩千圓……」

隼人在店內走來走去，暗中觀察著。隨著表演的時間慢慢接近，頂樓的人越來越多。竊賊一定想要趁人多的時候下手。

「會不會是他想偷的東西這裡剛好沒有？」

「或是上午賣掉了？」

總而言之，對竊賊來說，發生了意想不到的狀況。果眞如此的話，竊賊今天就不會犯案，我們又白跑了一趟。

「哇，好猛喔！」

這時，響起小孩子的驚叫聲。

「安靜一點，也不可以拍玻璃。」

「好可怕！好像恐龍一樣！」

看向聲音傳來的方向，一個父親帶著兩個男孩站在變色龍的玻璃籠前。他們來看英雄劇，應該是小學低年級的學生，看到動物就忍不住興奮不已。一些跟著父母來的孩子和情侶聽到他們的聲音，也好奇地走去玻璃籠前。

那兩個男孩讓我們所在的電梯附近的擁擠人群順利散開了。

「大家都去了那裡，更方便觀察了。」

聽到我這麼說，隼人也苦笑著。

「那傢伙今天可能不來了，但這裡的通道上沒有放動物，我知道人群早晚會散開。」

「通道上放的都是周邊商品，像是水族箱或是浮島。」

還有比之前買給哈蒙的大一號的電暖器，以及量販包的飼料。隼人看著這些商品，驚訝地抬起了頭。

「等一下，那個角落也有周邊商品區。」

「喔，對啊。」

這家店呈細長形，所以遠離主要動物的貨架上，都陳列一些冷門商品和消耗品。

「我懂了，原來是這樣。」

隼人嘟噥的同時，頂樓的廣播響起。英雄劇似乎很快就要開始了。店內的人都陸續走向中央廣場，通道上再度響起嘈雜聲。

「二葉哥，拜託你趕快看價格。」

「啊？」

隼人突然站了起來，著急地抓住了我的手。

「不是動物，而是周邊商品。一定有三萬圓的商品，我從那裡看過來。」

隼人說完，立刻跑向相反方向的通道。

「周邊商品……？」

雖然我腦袋中浮現問號，但還是開始看放在通道上的商品價格。狗的玩具、調製人工海水的海鹽、各種不同尺寸的水族箱，但所有商品的價格都不符合。

這時，有東西吸引了我的目光。

（剛好三萬圓！）

那是放在水族箱裡的小型螢光燈。仔細一看，上面寫著海水魚用殺菌燈。隼人不到兩分鐘就跑了回來，我告訴他這件事，他用力點頭。

「我看到過濾水的過濾器組合要兩萬七千圓，所以應該是你看到的東西。」

說完，他再度坐在電梯旁靜靜等待。廣播通知英雄即將出現，電梯不斷吐出急匆匆趕到的客人，我們假裝在等人。

這時，我們發現一個人和人潮走向不同的方向。那個戴著毛線帽的年輕人若無其事地走向走廊角落。原本以爲他只是普通客人，不想影響到其他人，但他四處張望後，把手伸向了殺菌燈，然後放進了肩上的背包。

「中了……！」

我因爲太興奮，忍不住叫了起來，隼人立刻說：

「叔叔怎麼還沒來？」

「不、不知道。」

我雙眼緊盯著那個年輕人回答，隼人說：

「要去告訴叔叔，表演還是要在現場看。」

他似乎在對我說，去找警衛，要以現行犯逮捕竊賊。於是我提議說：

「我去叫叔叔？」

❖

那個男人準備走出百貨公司時，被我找來的警衛逮住，送去了警局。原本只是把他當成普通的小偷，帶去百貨公司的辦公室，但隼人故意說：「他說這樣就可以上傳到網路上了」，結果就把他扭送去了警局。

我們被要求以證人的身分同行，因爲我們也很想知道事情的來龍去脈，所以就二話不說，一起去了警察局。警察在和竊賊不同的房間內向我們瞭解了情況，我們也如實說明了至今爲止的情況。爲了幫哈蒙找電暖器，看到了那個布告欄，以及根據布告欄上的內容跟到這裡。

「即使搞錯了也沒有關係，因爲只要沒發生壞事就好。」

隼人爽快地說道，負責的刑警佩服地點著頭。

「你太了不起了，但下次發現有可疑狀況時，可不可以先告訴我們？因爲你可能會遇到危險。」

和藹可親的刑警笑著對隼人說。雖然我算是隼人的監護人，但刑警只問了我基本的問題，可能他認為隼人已經說明得很清楚了。

「好，我以後會注意。」

隼人也笑容以對，但從他剛才說的話，就知道他這句話是在說謊。因為他告訴刑警，我們只來了這家百貨公司的寵物賣場。

（他一定覺得很麻煩。）

他可能覺得如果把之前去的那些店都說出來，會花很多時間。事實上，我也對製作筆錄感到有點膩了。

我們在警局配合警方調查超過了兩個小時，當我們準備離開，刑警遞給我們口香糖時說：

「謝謝你們的協助，我們會追查那個竊賊的顧客，阻止違法交易。」

「拜託你們了。」

隼人恭敬地鞠躬，我也跟著鞠了一躬，這時，刑警不經意地說：

「以後玩偵探遊戲要適可而止。」

我立刻火冒三丈。怎麼可以說這種話？

（我們眞的揭露了犯罪，根本不是玩遊戲！）

他知不知道我們在寵物店耗費了多少時間，在寒冷中，站在公車站等了多少？知不知道隼人多麼認眞地爲動物著想？

我忍不住瞪著刑警。之所以沒有抱怨，是因爲我不想因爲自己多話，破壞了隼人剛才的證詞。

刑警沒有察覺我的視線，面帶笑容把我們送到門口。隼人笑著向他揮手道別。我猜想他心裡一定氣壞了，但完全沒有表現在臉上。我佩服他的忍耐力，努力克制著內心的怒火。

離開警局，轉過三個街角後，我終於忍無可忍地開了口。

「說那種話眞是太過分了。」

「啊？」

「竟然說我們在玩偵探遊戲。」

當我說出之後，更覺得很不甘心。我比他年長，照理說應該保護他。我放在大衣口袋裡的手握緊拳頭。沒想到隼人面不改色地說：

「二葉哥，沒事啦。」

他對我展露出微笑。看到他爽朗的笑容，連我的心情也變好了。

（他不需要這麼勉強自己。）

他爲了不讓我擔心，故意表現得這麼開朗嗎？我想到這裡，忍不住低下了頭，隼人又接著說：

「那個刑警還眞典型，簡直和卡通《名偵探柯南》一模一樣，我原本還希望聽到比較有創意的話。」

不必再逞強了。我正想這麼說，隼人的嘴角露出笑容說：

「但這句話我也有點嚮往，所以就勉強接受。」

「啊？」

「我一直很希望聽到警察對我說：『不要再玩偵探遊戲了。』只有這件事，無論自己再怎麼渴望，也無法輕易做到，因爲這是年輕偵探都會聽到的經典台詞。」

說完，他迅速轉過身。

「超滿足！」

怎麼可能？我超憂鬱。

❖

幾天後，網路相關的新聞中，小篇幅報導了這件事。惡劣的業者因爲從其他店偷取高額的寵物周邊商品後販賣而遭到逮捕。那個竊賊和他認識的繁育者勾結，高價販賣小狗，那些血統證明都是僞造的。

「但聽說小狗的犬種都沒有問題。」

我們在隼人的房間喝茶聊這件事，聽到哈蒙在玩滾輪的聲音。

「客人也不是傻瓜，至少外表要符合他們所要的品種啊。」

嘎啦嘎啦、嘎啦嘎啦。哈蒙的小腳拚命奔跑著。

「我反而可以容忍這種詐欺，因爲即使沒有血統證明，也還是那個犬種啊。」

「我可以說得極端一點嗎？」

我小聲嘀咕。

「嗯？怎麼極端？」

「我覺得寵物店都應該關門大吉。」

這幾天，我一直都在想這件事。

「這種說法的確很極端，爲什麼呢？」

「因爲我在想，衛生局每天都要撲殺很多流浪貓狗，如果想養狗，可以用領養取代購買。」

隼人聽了，默默點頭。

「如果想要養日本沒有的動物，或許只能用購買的方式，但像貓狗這種已經多到要撲殺的動物，似乎不應該再花錢去買。」

狗就是狗，貓就是貓，這樣不是就夠了嗎？像小孩子般固執的自己在內心吶喊著。

「嗯，我也贊成你的意見。」

人類把飼養動物當成娛樂這件事，似乎就已經產生了扭曲，但不能對這些扭曲的現象視而不見。

「但是，養寵物需要飼料和籠子，所以仍然需要寵物店，只是應該變成寵物用品店。」

隼人把葵花子遞給哈蒙時抬頭看著我。

「對不對？」

「嗯，你說得對。」

小時候放學後都會經過的小鳥屋，那裡有一隻長得太大，無法出售的柴犬，我們在走進小鳥屋之前，都會先摸摸牠。店裡還有另一隻小型犬，總是熱情地搖著尾巴迎接我們。雖然是雜種狗，但老闆對牠的疼愛絲毫不亞於門口的柴犬。當然，我們也一樣。

溼溼涼涼的鼻子。抖動身體時，閃著亮光的毛在天空中飛舞。褲子經常沾到牠們的口水，變得溼答答的。我輕輕撫摸著爬到隼人手上的哈蒙的背，很難形容目前的心情。

「對了，」隼人打開抽屜，拿出一本文庫本小說。

「因爲之前的事差點忘了，這次的功課是這個。唐諾・E・威斯雷克！說到竊賊，當然要看多特蒙德。」

這本書的日文名字是《從天而降的小偷（Good Behavior）》。多特蒙德似乎是作品中的小偷名字。

「這個故事講的是一個開朗樂觀、心地純正的小偷，有點像卡通版的魯邦三世，所以你可以放心看。」

「雖然是小偷，但心地很純正嗎？」

「是啊。因爲他偷東西，所以不能說他是好人，但也不是壞人。」

「不是壞人這一點很重要。」

我輕輕托著爬到我手上的哈蒙說道。

「沒錯沒錯，這一點很重要。」

即使不是好人也沒關係，但至少不要當壞人。我在心裡回味著隼人的這句話，但就在這時，哈蒙又用力咬向我的手指。

「好痛啊！」

❖

上完家教回家的路上，我茫然思考著。

我和隼人教學相長，我們的談話也在老師和學生的角色之間搖擺，起初和聰明機靈的隼人在一起時，我經常感到自卑，但現在覺得這樣也不錯。

（因爲很開心啊。）

開心成爲我能夠容忍一切的關鍵，應該是受到了隼人的影響。他帶我去了我一個人不可能去的地方，見到了原本不可能見到的人，爲我開拓了一個全新的世界，就像是我的領航員。

「啊！」

一隻黑貓經過我面前。以前我都會覺得很不吉利，也會感到害怕，但現在不一樣了。我向在人行道角落向我張望的黑貓輕輕揮了揮手。

「再見囉。」

「啊，對了對了，雖然時間還早，但你在寫畢業論文之前，要記得看《六宮的姬君》。」

「你喜歡推理小說嗎？」

我喜歡推理小說，所以我一直希望有機會寫一本有推理小說出現的小說。

作品中，隼人向二葉推薦的作品內容都不血腥，都是一些比較早期的作品（啊，江戶川亂步的作品集中有幾個故事有點可怕）。之所以特地挑選早期的作品，是因為這些小說的文字和想法比現代更有品味，更適合膽小的二葉。即使是表達相同的意思，「在後面盯梢的人」和「跟蹤狂」給人的印象並不一樣，我希望讀者能夠充分享受這些文字的樂趣。

最後，由衷地感謝以下各位。責任編輯秋元英之先生和裝幀的石川絢士先生，能夠共同完成這本推理小說的書，真的太高興了。同時也很感謝和我一起絞盡腦汁思考「有哪些推理小說接近古典，通俗易懂，但又不會太血腥？」的各位推理迷。感謝和我一起討論「有沒有即使故事中有人死掉，但讀後感很爽快的推理小說？」的G，更要感謝偉大的前輩和當代推理作家，你們的作品總是讓我樂在其中。同時，也要感謝正在閱讀此書的各位讀者。想不想看看隼人介紹給二葉的推理小說？每一本都很好看喔。

作品中出現的推理小說清單：

《壓畫和旅行的男人・江戶川亂步全集第五卷》　江戶川亂步

《閣樓的散步者・江戶川亂步全集第一卷》江戶川亂步之〈兩分銅錢〉

《福爾摩斯辦案記》柯南・道爾之〈諾伍德的建築師〉

《黑寡婦俱樂部》以撒・艾西莫夫

《會逆向閱讀的貓（The Cat Who Could Read Backwards）》Lilian Jackson Braun

《從天而降的小偷（Good Behavior）》唐諾・E・威斯雷克

《六宮的姬君》北村薰

後記

比方說，你聽自己喜愛的歌手的歌曲，一看作曲者，發現原來是翻唱歌曲。於是，就想聽一下原曲。聽完之後，得知原曲是作曲者受到某首古老的樂曲啓發而創作的，當然就會再想聽聽那首古老的樂曲，最後甚至會想去看使用了那首古老樂曲作爲配樂的電影。

書的世界也有類似的感覺，尤其在推理小說的世界，遇到這種情況的機率很高。

在看某本書時，經常會在作品中看到某本經典推理小說的書名，而且也經常會出現「簡直就像《一個都不留》」之類的句子，甚至有不少作品根本是經典推理的翻版。

閱讀的世界就是藉由這種方式不斷開拓。我斗膽希望成爲各位讀者在閱讀上的引路人，所以開始創作《老師與我》這個系列。因此，故事和所介紹的作品有一小部分重疊，至於如何重疊，必須同時看完兩本作品才能夠瞭解。

很希望這本書能夠開拓各位讀者的閱讀世界。

最後，感謝以下各位：

感謝負責裝幀的石川絢士先生爲本書打造出懷舊、可愛的感覺（此指日文原版）。感謝從連載時開始，就一直協助我的責任編輯秋元英之先生。感謝行銷和業務部門等參與本書相關工作的夥伴。感謝我的家人和朋友，感謝送我很多禮物的A和我很重要人的K。

感謝創作了許多優秀作品的作家。

同時，更感謝正在看這本書的你。

坂木司

特別篇　假期、飯店和我

1

今天早上分快遞包裏時，看到了久違的外區包裏。老大看到送貨單，微微皺了一下眉頭。

「有點遠嘛。」

「但客人指定要在中午以前送到。」

「眞麻煩。」可布擦著汗，微微偏著頭說。

「那要不要我上午送完其他包裹後，回來之前送過去？」

利佳貼心地問，老大盯著今天的包裹看了半天後，突然指著我說：

「沖田，你上午搭利佳的車子。」

「啊？這樣好嗎？」

「你今天的包裹都很重，你先送完那些包裹，然後再和利佳一起去外區送包裹。」

我看向架子，今天的包裹都是水梨、葡萄等產地寄送的包裹和高爾夫球袋，如果可以開車送貨，當然輕鬆多了，還可以順便吃完午餐再回來。聽到老大的指示，我喜孜孜地坐在利佳旁邊。

「爲什麼特地叫我陪妳呢？」

我們分別送完了各自負責區域的貨，在前往外區的車上，我忍不住問利佳。在都心交通量大的地方，因爲道路交通管理法的關係，原則上必須兩人一組，但我們正要前往外區並不是鬧區。

「一定是因爲大學的關係。」

送貨單上塡寫的地址是大學的研究室，工整的字跡寫著大樓名稱、幾樓幾室，以及教授的名字，貨品內容是『點心』，寄件地址是沖繩，所以十之八九是伴手禮。我們揮汗如雨地在街頭奔波，這些大學生眞好命啊。

「大學對違規停車很嚴格嗎？」

「不，那倒不是，只是不知道宅配的方式。」

「宅配方式？」

「對，比方說，有的大學以安全爲優先，所有的貨品都統一送到辦公室；但有的大學必須按照送貨地址，直接送去研究室。」

「原來是這樣。」

「而且大學校園很大，所以有一個人留在車上比較安心。不知道今天會是哪一種情況。」

利佳把車子停在大門附近笑著說道。我拿著體積很大，但份量很輕的箱子，走向警衛大叔，向他打聽辦公大樓的地點。當我開口問警衛大叔時，得知這所大學都由警衛室統一收貨。在請大叔簽名時，一陣風吹來，送貨單發出啪答啪答的聲音。

沖繩。眞希望有一天我也可以去。帶著小進和由希子，三個人一起去藍天白雲的沖繩，雖然沒去過，但感覺那裡應該可以好好放鬆。

（南國的樂園。）

我怔怔地想像著，屁股口袋裡的手機震動起來。打開一看，是小進傳來的訊息，主旨是『是不是很好吃？』。油滋滋的東坡肉照片直擊我還沒吃午餐的胃。我記得沖繩料理中，也有類似的菜餚。我迅速回了訊息：『喂，也讓我吃一口嘛！』然後接過送貨單的收執聯，邁開了步伐。小進可能也很閒，立刻回了訊息：『在下次見面之前，我會練習做得更好吃。』說這麼貼心的話，即使硬拉，也要拉他們去全家旅行。他媽的。

2

我在大學門口和宅配先生擦身而過，看到他胸前繡著蜜蜂的制服，我想起了自己的包裹。

（我找的是那家宅配公司嗎？）

因爲伴手禮隨身攜帶體積實在太大了，三天前，我從打工地點的沖繩直接寄到研究室。我記得櫃檯的人對我說，如果沒有遇到颱風，三天就可以送到。所以，該不會是我的包裹？

我走上樓梯，打開研究室的門，發現包裹果然送到了。

「柿尾，這是什麼？」

研究所同學指著紙箱問我。

「沖繩的伴手禮。」

「是喔，眞不錯啊，充分享受暑假的感覺。」

「也沒有啦，我暑假時住在那裡的旅館打工。」

我在回答的同時，撕開了紙箱的膠帶。紙箱有點舊，是在市場賣蔬菜的大嬸送我的。

（這個紙箱的味道很香。）

腦海中想起大嬸的聲音。嗯，的確很香。熟透的鳳梨香味讓我忍不住瞇起了眼睛。

一打開紙箱，立刻看到揉成一團的沖繩當地報紙。

（這些應該可以吧？沒有色情的報導。）

老闆代理給我這些報紙時，還說了這些廢話。我把報紙攤平，發現頭版刊登了颱風過境的新聞。電線桿被吹斷了，車子差一點被壓到。我想起了傾盆大雨打在臉上的感覺。

「啊，金楚糕。」

另一個剛走進研究室的同學探頭看著紙箱。

「因爲之前說好要帶給大家吃的。」

「對啊，我之前去北海道時，也買了托拉比斯特餅乾。」

我拿出小包裝的金楚糕分給在研究室的同學吃。

「為什麼金楚糕都是兩塊裝一袋？」

「托拉比斯特餅乾好像是三塊裝一小袋。」

「喔，對喔。」

我笑著繼續在紙箱下方翻找，拿出了鹽味仙貝。那是把麵粉做成圓形仙貝後再油炸，可以當點心，也可以當作零食。

（我們喜歡吃子龜仙貝。）

嘻嘻嘻嘻。久米奶奶和千奶奶喜歡吃小烏龜形狀的鹽味仙貝，朱喜旅館的狹小和室內，經常可以聽到她們吃仙貝的聲音。

「吃了手會髒。」

我在工作時，她們也請我吃仙貝，當我婉拒時，她們硬是塞過來。

「那你張開嘴巴。」

事已至此，我只能投降。

「好，那我自己吃。」

我和大家一起吃著鹽味仙貝，把紙箱折了起來。

「我等一下有課，先走一步。」

走出研究室，走去教室的途中，我把仙貝吃完了，舔了舔沾到油的手指，稍微遲疑了一下，偷偷擦在T恤的衣襬，卻剛好被迎面走來的男生看到。他腋下夾著文庫本，露出有點驚訝的表情。

我故意拉了拉T恤的衣襬掩飾。眞是太糟了。

3

走進推研的活動室，發現桌上有好幾條小蛇。但不是眞的蛇，而是玩具。

「咦？有人現在這個季節去沖繩嗎？」

山田指著用稻草編的民俗工藝品四處張望著。沒錯沒錯，這是模仿波布蛇製作的。一想到這裡，腦海中立刻浮現了不吉利的想像。先是被蛇咬了一口，隨即蛇毒傳遍全身，漸漸感到渾身麻木……

（太可怕了！而且現實生活中眞的有可能發生這種事，眞是太可怕了！）

我獨自感到害怕，一個學長苦笑著抓起了蛇。

「因爲我喜歡爬蟲類，所以同一個研究室的同學在暑假開學後送我的，他送了我很多條，還剩下不少。」

學長說完，硬是塞到我和山田手裡。

（這是稻草！是工藝品！是玩具！）

我好像在唸經般在腦袋裡一再重複，請山田幫我收下了百分之百用稻草做的蛇。如果是用彩帶做的，比較有流行感，可能不至於聯想到蛇。

「那不就是斑點帶子嗎？」

隼人一看到波布蛇指套立刻說道。糟糕的是，我最近的推理小說知識有了點長進，所以知道這是福爾摩斯的故事中出現的毒蛇。我在和隼人相約的書店內低下了頭，隼人問我：

「但是，冬天去沖繩？這算是避寒嗎？大學生眞是悠閒啊。」

「啊，不對不對，是學長的朋友暑假結束時送他的，他送給其他同學，最後送給了我。」

「喔，是喔，所以是你自己落入了時間差的圈套。」

隼人把波布蛇指套在手指上，甩著手笑了起來。我們一起挑選完習題集，走出書店時，隼人從書包裡拿出一本書。

「這是新的功課。」

他遞給我一本《小紅帽宅配》，雖然是軟皮書，但是普通尺寸的書。

「這次不是文庫本。」

「嗯，難得得到我媽的同意，所以這次是她出錢幫我買的。這是最近出的書，是以書店爲舞台，很有意思。」

聽到書店，我想起了偷書的事，心情再度沮喪起來。至今爲止，老師向我推薦的書都很好看，所以我決定要看這本書。

伊藤二葉，十八歲。雖然很怕蛇，但已經下定決心要排除偏見。

〈完〉

國家圖書館出版品預行編目(CIP)資料

老師與我 / 坂木司作 ; 王蘊潔譯. -- 初版. -- 臺北市 : 春天出版國際, 2017.10
面； 公分. -- (楽 ; 08)
譯自 : 先生と僕
ISBN 978-986-94127-6-6(平裝)

861.57 105024377

楽 08

老師與我

先生と僕

作　　者　坂木司
譯　　者　王蘊潔
封面繪圖　紅茶
總 編 輯　莊宜勳
主　　編　鍾靈
出 版 者　春天出版國際文化有限公司
地　　址　台北市信義路四段458號3樓
電　　話　02-7718-0898
傳　　真　02-7718-2388
E - mail　frank.spring@msa.hinet.net
網　　址　http://www.bookspring.com.tw
部 落 格　http://blog.pixnet.net/bookspring
郵政帳號　19705538
戶　　名　春天出版國際文化有限公司
法律顧問　蕭顯忠律師事務所
出版日期　二〇一七年十月初版
定　　價　250元

總 經 銷　楨德圖書事業有限公司
地　　址　新北市新店區寶興路45巷6弄6號5樓
電　　話　02-8919-3186
傳　　真　02-8914-5524
香港總代理　一代匯集
地　　址　九龍旺角塘尾道64號 龍駒企業大廈10 B&D室
電　　話　852-2783-8102
傳　　真　852-2396-0050

ISBN 978-986-94127-6-6
Printed in Taiwan